未读 文艺家 × 译言古登堡计划 Yeeyan Gutenberg Project

最古老的美洲人

 郊狼（草原狼） 

亚古用故事打动孩子们的心灵

——《故事爷爷—亚古》

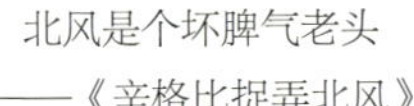

北风是个坏脾气老头

——《辛格比捉弄北风》

再没有这样一个游乐场般的地方了

——《云端的孩子》

她喜欢独自在林中漫步

——《暮星之子》

最大的动物叫博什克瓦多什（乳齿象）

——《捕到太阳的男孩》

人们开始相信欧吉格是马尼托……

——《夏天如何归来》

乞丐之舞

——《"蚱蜢"的故事》

“蚱蜢”的狂舞带起一股沙子的旋涡

——《“蚱蜢”的故事》

海鸥乘风起航，带西格文回到巫师的小屋。

——《巫师米什奥沙》

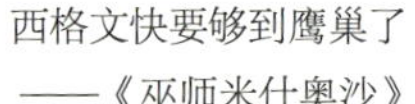

西格文快要够到鹰巢了

——《巫师米什奥沙》

恶作剧小精灵普克武德奇斯

——《精灵新娘》

红天鹅缓缓飞起，以十分高贵的姿态飞向夕阳。

——《红天鹅》

印第安神话故事

（经典插图本）

〔美〕威廉·特罗布里奇·拉尼德（William Trowbridge Larned） 改编

〔美〕约翰·雷（John Rae）

〔美〕伊丽莎白·柯蒂斯（Elizabeth Curtis） 绘

王喆 李晨 译

北京联合出版公司
Beijing United Publishing Co.,Ltd.

亨利·罗·斯库克拉夫特

（*Henry Rowe Schoolcraft*，1793—1864年）

美国著名的地理学家、地质学家、人类学家，他因研究五大湖区的印第安人文化而出名，也是发现密西西比河源头的人。他从1822年开始在密歇根地区担任印第安事务官，娶了苏格兰－爱尔兰裔皮货商与奥吉布瓦人酋长之女的混血儿——简·约翰斯顿为妻，她是公认的第一位美洲印第安文学作家。简教给斯库克拉夫特奥吉布瓦语，以及许多他们的部落文化。斯库克拉夫特是美国最早一批研究印第安人的学者，他对印第安人的研究著作《美国的印第安部落》有皇皇六卷，于19世纪50年代出版。

目　录

序言

欢迎来到亚古爷爷的帐篷，和鹰羽、晨曦以及其他孩子们待在一起。外面很冷，风呼啸着穿过树枝；不过帐篷里很暖和，火烧得正旺。亚古会讲精彩至极的故事。他是部落里讲故事的高手，他爸爸、他爷爷以及他爷爷的爸爸也是如此。

亚古讲的故事都是世界初生时发生的事情，那时候人与动物和睦地生活在一起，魔法无处不在。和最小的那个孩子紧挨着坐在火堆旁，你会从亚古那儿知晓快乐勇敢的渔夫辛格比，以智取胜脾气暴躁、吵吵闹闹的北风卡比昂欧卡的故事；你肯定还会沉浸在这样的故事中——一块岩石奇迹般地升高，把兄妹俩带到云

端，而森林里的动物们，从最大的山狮到最小的尺蠖，都设法带孩子们下来。

亚古也讲了奥薇妮的故事，这个可爱的姑娘嫁给了奥西奥——一个贫穷又样貌丑陋的年轻人，他们一起经历了奇妙的冒险。你还会在故事中遇见那个捕到太阳的男孩；了解到大地被冰雪覆盖、长年笼罩在寒冷中时，英勇的猎人欧吉格如何想办法把夏天从天上带下来；你会认识“蚱蜢”，他每天都搞出许多恶作剧般的把戏；还有邪恶的巫师米什奥沙；以及追寻美丽的红天鹅的梅德瓦。

亚古在本书中讲述的故事来自亨利·罗·斯库克拉夫特收集的传说。在 19 世纪的头 30 年，他在北美西部和五大湖区周围同美洲印第安人生活在一起。在漫漫长夜，当讲故事的高手坐在帐篷的火堆边，讲述那些已经翻来覆去讲给一代又一代孩子们听的故事时，斯库克拉夫特先生就在一旁静静聆听，并把他所听到的这些故事如实记录下来。

这本作品集里的故事由威廉·特罗布里奇·拉尼德改编，约翰·雷等著名艺术家绘制插图，相信这些图文并茂的故事今后能够为更多的孩子带来无穷的快乐。

现在翻开下一页吧！亚古已经准备好开讲了。

故事爷爷——亚古

亚古[1]爷爷是这世上最睿智、最博学的人。从没有一个印第安人像他那样见多识广。他知道树林与原野的奥秘，通晓鸟儿和野兽的语言。他一辈子都生活在野外，要么在野鹿藏匿的森林深处漫步，要么划着他的桦树皮独木舟在湖中穿梭。

除了他自己掌握的知识之外，亚古还知道其他好多好多事情。他从他爷爷那里听到了许多神话故事和奇妙的传说，这些故事都是祖祖辈辈传下来的，一直可以追溯到上古时代——当时世界初生，一切和现在大不相同，天地万物几乎都有魔力。

亚古特别喜欢小孩子。对于哪里能找到美丽的彩色贝壳，他

最清楚不过了。他会把这些贝壳串成项链送给小姑娘们；他还会教她们编花篮，他教得特别好，小姑娘们在他的指引下找到合适的草，再用灵巧的双手编成一个个花篮。对于小男孩呢，他会给他们做弓和箭。用弹性好不易折断的白蜡树做弓，用坚硬笔直的结实橡木做箭。

而所有这些中，最能打动孩子们心灵的，则是亚古讲的故事。旅鸫胸前的羽毛是在哪儿弄成红色的？火是怎么钻进木头里的，不然人们摩擦两根木棍，火怎么就从里面跑出来了呢？为什么郊狼[2]比其他动物聪明得多，又为什么他跑起来总往后看呢？这些事情只有亚古老人才知道答案。

冬天到了，正是讲故事的好时候。白雪在大地上铺了厚厚一层，住在冰之国度的北风离开家乡，呼啸而来，清冷的月光从酷寒的天空倾泻下来，而此时，印第安人则聚在他们的威格瓦姆[3]棚屋里。亚古坐在火堆前，孩子们围坐在他周围。

“呼——呼！”北风在怒吼。火堆里的火星被吹得飞了起来，亚古往火里又添了根木柴。“呼——呼！”北风这老家伙真是太淘气了！人们几乎都能看到他的样子——他的头发上满是冰凌，在空中飞舞。要是棚屋不够坚固的话，就要被他刮倒了；要是火不够旺的话，就要被他吹灭了。不过，威格瓦姆小屋可是专门为了这个季节而建造的，而且周围森林里的木材是怎么烧也烧不完的。

所以北风只能咬牙切齿地说：“呼——呼！”

有个小女孩，是孩子们中最胆小的，她挨近亚古，抓着老人的手臂。“噢，亚古。”她说，“听呀！北风会不会伤害我们？”

“别怕，”亚古答道，“只要你们勇敢快乐，北风就伤不到你们。他虽然气势汹汹，大吼大叫，但其实他内心是个十足的胆小鬼，屋里的火很快就会把他吓跑了。我来给你们讲个吓跑北风的故事吧。”

亚古当时讲的那个故事，我现在就讲给你们听，这是一个有关辛格比如何捉弄北风的故事。

---

[1] 亚古（Iagoo）：印第安传说中专门说故事的人，相传是一个矮小的老人，面部黝黑，身材瘦削，眼睛和耳朵是一般人的两倍大，因此能看到更远的地方，听到更细微的声音。他腿脚便利，跑得飞快，双臂强健，力大无穷。

[2] 郊狼（coyote）：即北美草原狼。

[3] 威格瓦姆（wigwam）：是旧时美洲印第安人用动物毛皮或树皮制作的圆顶或锥形帐篷。

辛格比捉弄北风

很久很久以前，当时大地上还人烟稀少，在北方，生活着一个渔民部落。夏天的时候，那里能捕到最鲜美的鱼，而再往北，就是一片冰天雪地，根本没人能挨得过冬天。因为这个冰之国的国王是个脾气暴躁的老头，名叫卡比昂欧卡，在我们印第安语里，是“北风”的意思。

尽管冰之国在世界最北之地，绵延千万里，但是卡比昂欧卡依然不满足。如果真遂他心愿的话，大地上将处处没有青草，没有绿树；全世界一年到头将一片雪白，所有河流冻得死死的，整个国度被冰雪覆盖。

所幸，他的力量是有限的。虽然他体格健壮、狂暴凶猛，但他依然不是南风沙文达斯的对手。南风的家乡是晴朗的向日葵之国，他居住的地方四季如夏。只要他吹一口气，紫罗兰就会在树林里绽放，野玫瑰就会在黄澄澄的原野上盛开，鸽子们就会一展动人的歌喉，咕咕叫着求偶。瓜果因之生长，葡萄因之成熟；他温暖的气息让地里的玉米结穗，为森林穿上绿衣，让大地风光明媚，分外美丽。而在北方，当夏天愈来愈短时，沙文达斯会爬上山顶，往他上好的烟斗里填满烟叶，坐在那儿打着盹儿抽着烟。这一抽就不知抽了多久，他吐出的烟袅袅升腾，变成轻柔的雾气，弥漫在空气中，将山丘湖水完全笼罩起来，仿佛仙境一般。没有一丝风的气息，天上也没有一朵云，一切都那么安详平静，世上再也找不到这么美妙的风景了。这便是印第安的夏天。

此时，北方的渔民们正在加紧劳作，他们手脚麻利地往水中撒网，因为他们知道一旦南风入睡，脾气暴躁的老卡比昂欧卡就会即刻席卷而来，把他们赶走。这是肯定的！一天早晨他们撒网打鱼的时候，发现湖面上结了层薄薄的冰；他们茅舍的树皮屋顶上也铺上了厚厚的霜，在阳光下闪闪发光。

这些迹象很明显是个警告。冰越结越厚，天空飘下鹅毛大雪，郊狼披着他毛茸茸的白色冬衣快步行走。他们已经听到远方依稀传来的呜咽声。

“卡比昂欧卡来啦！”渔民们大喊，“卡比昂欧卡马上就要到这儿啦！我们快跑吧。”

但是“潜水高手”辛格比笑而不语。

辛格比脸上总是挂着笑容。他抓到大鱼会笑，一无所获也会笑。不管碰到什么事，他都不会沮丧。

“我们依然可以打鱼呀。”他对同伴们说，“我可以在冰上打个洞，这样我们就可以不用渔网，改用钓线从洞里钓鱼。我才不怕卡比昂欧卡那个老头呢！”

渔民们惊讶地看着他。的确，辛格比会法术，能把自己变成鸭子。他们见他变过，所以才叫他“潜水高手”。但北风那么可怕，仅凭辛格比的能力，又如何能与怒气冲冲的北风抗衡呢？

“你最好还是跟我们走吧。”渔民们说，“卡比昂欧卡比你强健多了，就算是森林中最粗壮的大树都会在他的愤怒前折腰，就算是最迅疾的河流都会在他的碰触下冻结。除非你可以把自己变成一头熊或一条鱼，否则完全没有胜算。”

但辛格比只是更大声地笑了起来。

“我的毛皮大衣是问河狸大哥借的，我的连指手套是问麝鼠表弟借的，这些可以在白天保护我。”他说，“并且在我的小屋里，有一大堆木柴，一旦点上，看卡比昂欧卡敢不敢靠近。”

于是，渔民们不无伤心地离去，因为他们很喜欢爱笑的辛格比，

而他们之所以伤心，是因为他们觉得以后再也见不到辛格比了。

渔民们走后，辛格比按照自己的方式行动了起来。首先，他收集了足够的干树皮、树枝、松针，这样晚上他回到小屋的时候，就能把火点上。这时的积雪异常深，而雪的表面冻得特别硬，太阳都融化不了，他得以在雪上行走，却不会陷进去。而鱼呢，他熟知怎么凿冰窟窿钓鱼，所以到了晚上，他拖着身后一大串鱼，哼着自己编的小曲，大踏步往家里走：

“老头卡比昂欧卡，
有胆过来将我吓。
块头大来气凌人，
量你没法一直横！”

一个傍晚，卡比昂欧卡循着歌声，找到了正在雪地里缓慢行走的辛格比。

“呼——呼！”北风呼吼着，“这放肆的两腿生物是何方神圣？胆敢在此逗留许久。如今，连野鹅和苍鹭都已飞到了南方，我们来瞧瞧谁才是冰原的主人。就在今夜，我会冲进他的棚屋，吹熄他的火，把灰烬吹个满屋子都是。呼——呼！”

夜幕降临，辛格比坐在屋里的火堆旁。看这火烧得多旺！底

下的木柴那么粗大，烧上整整一个月亮都不会熄。这是印第安人计时的说法，因为他们没有钟表，所以不说星期或月份，而是说“一个月亮”——表示月亮的形状从一个新月变到下一个新月所需的时间。

辛格比当时正在烤鱼，那条鱼是他当天抓的，肥美又新鲜。放在炭上一烤，那真是酥软无比，回味无穷。辛格比抹了抹嘴，满足地搓着手。他白天走了好几里路，现在坐在火边，小腿暖融融的，惬意极了。那些人真傻，他想，这边冬天才刚开始，鱼这么多，他们竟然走了。

“他们觉得卡比昂欧卡会法术，”他自言自语，“觉得没人可以对抗他。但我觉得他就是个普通人，跟我一样。的确，我比他怕冷，但他可比我怕热。”

这个念头令他很开心，所以他大笑着唱起歌来：

“卡比昂欧卡霜之民，
有本事将我冻成冰。
哪怕你吹到没力气，
靠着火我就不怕你！”

他心情实在太好了，都没听到屋外突如其来的一阵呼号。大

雪纷纷落下，雪刚落到地上，就马上又被风卷起，像面粉一样吹向小屋，不一会儿，小屋就被雪埋了起来。而厚厚的雪并没有让屋内变得寒冷，反而像一块厚毯子一样，把寒风挡在外面。

很快，卡比昂欧卡发现自己弄巧成拙，这让他非常生气。他对着小屋的烟囱大吼，他的声音是那么地粗野可怕，一般人准会被吓到。但辛格比只是大笑。他的小屋里太安静了，他正盼着能有点声响呢。

“哈，哈！”他对着北风大喊，“你好啊，卡比昂欧卡？吹气的时候当心点儿，别把腮帮子吹破了。”

随即小屋被狂风吹得摇了起来，水牛皮做的门帘被风吹得哗啦作响。

“进来啊，卡比昂欧卡！”辛格比开心地招呼，“进来暖暖身子。外面一定好冷吧。”

听到辛格比这么嘲笑自己，卡比昂欧卡用力撞向门帘，系住门帘的一根鹿皮绳被撞断，北风进入了小屋。啊，他吹出来的风是如此冰冷！——在温暖的小屋内形成了一层浓雾。

辛格比假装什么都没看到，依然唱着歌。他站起身，往火堆里又扔了根木柴。这是一根粗大的松木，烧得特别旺，释放出的滚滚热浪使辛格比都不得不往后挪了挪再坐下。他用眼角瞄了一眼卡比昂欧卡，所看到的景象让他又笑了起来。汗水从卡比昂欧

卡的额头不住淌下，他飞舞的头发上的白雪与冰凌很快就无影无踪了。就好像孩子们堆的雪人在三月温暖的阳光下融化一样，暴躁的老北风也开始解冻了！毫无疑问，骇人的卡比昂欧卡正在融化！他的鼻子和耳朵变得越来越小，他的身体开始变矮。如果他在这里再多待一会儿，这个冰之国的国王就会化成一摊雪水。

“来火堆边嘛，”辛格比坏坏地说，“你一定冻坏了。靠近点儿，烤烤手，暖暖脚。”

然而北风一溜烟从门口逃了出去，动作比进屋时还要快。

一到了外面，寒冷的空气让北风又恢复了活力，他又变得和之前一样愤怒。因为他没法让辛格比受冻，所以他把怒气都往身边撒。在他的踩踏下，雪变得异常坚硬；他四处吹气，还打着响鼻，脆弱的树枝因此纷纷折断；外出觅食的狐狸迅速逃回洞中；来回游荡的郊狼赶忙就近躲了起来。

北风又一次来到了辛格比的小屋，在烟囱外朝屋里大吼：“出来！”他喊道，“有本事就出来，跟我在雪地里摔跤。我们来比试比试，看谁厉害！”

辛格比思索了一下。“火已经削弱了他的力量，”他自言自语，“我身体也暖和了，打败他应该不成问题。这样，他就再也不会来找我麻烦了，我就能在这里想待多久就待多久了。”

他快步走出小屋，卡比昂欧卡随之来到他面前。一场酣斗开

始了。他俩双臂绞在一起，在坚硬的雪地上来回翻滚。

他们摔了一整夜都没停。狐狸从洞里钻了出来，远远围坐成一圈观看这场比试。辛格比因为一直在运动，所以热血沸腾，全身上下都很暖和，他能感觉到北风的力气越来越小；冰冷的呼吸也不像先前那样强劲，成了虚弱的喘息。

最后，太阳从东方升起，两人罢手分开，喘着粗气面对面站着。卡比昂欧卡输了，绝望地哀号着，转身逃之夭夭。他向北方一路狂奔，一直跑到了白兔之国；而在他奔跑的时候，辛格比的笑声一直萦绕在他耳边。只要乐观而勇敢，即便是北风一样的强敌，我们也能战胜。

云端的孩子

一天傍晚，故事爷爷亚古坐在他最爱的角落里，注视着火堆中的余烬，似乎徜徉在梦中。

孩子们知道在这个时候最好别问他问题，也别求他讲故事，因为这样会打扰到他。他们知道亚古正在脑中整理他所听到的奇闻和看到的逸事。燃烧着的柴火和通红的木炭正在以只有他能读懂的方式组合成奇异的形状、描绘出怪诞的画面，要是孩子们不去打扰他，他也许马上就会开口讲故事了。

但是，这个不寻常的晚上，尽管孩子们耐心等待，彼此说话也轻声细语，亚古却依然像石像一样坐在那里一言不发。孩子们

开始担心亚古是不是把他们给忘了，要是这样的话，就没有睡前故事听了。所以，到最后，最爱发问的小晨曦想到了一个自己从来没有问过的问题。

“亚古！”她开口说道，但又马上停下来，因为她怕亚古会因此不开心。

听到她的声音，亚古爷爷直起身子，仿佛他的思绪刚到遥远的过去进行了一次长途旅行似的。

“有什么问题呀，晨曦？”

“亚古——你能告诉我吗——大山是不是从古至今一直都在这里？”

老亚古认真地看着她。不论孩子们提的问题有多难，多出乎意料，亚古都会乐意回答。他从不会说“我太忙了，别打扰我”或“等下次再问”之类的话。因此对于晨曦问的古怪问题，亚古点了点他苍老却充满智慧的头，说道：

“你知道吗，我也经常问自己这个问题：大山是不是从古至今一直都在这里？”

他停顿了一下，又看了一眼火焰，仿佛只要长久注视着火焰，就能找到答案一般。最后，他继续说道：

“是的，我觉得大山的确从古至今一直在这里——不论高山还是丘陵。它们从创世之初就存在——从很久、很久以前就一直在，

你们之前听过世界如何被创造出来的故事。不过有一座高山不是一直在这儿的——这座山丘是突然变高的，就像变魔术一样。我和你们讲过大石山的故事吗——这座山是如何不断升高，把小孩子带到云端的故事？”

“没，没讲过！”孩子们异口同声地大声说道，“你从来没讲过那个故事。现在跟我们讲吧。”

这个大石山的故事，老亚古是从他爷爷那儿听来的，而他爷爷则是从他爷爷的爸爸那里听来的，亚古爷爷的爸爸年龄非常非常大，所以这个故事发生的时候，他很可能是亲眼所见：

在那个年代，动物和人类友好相处，当你逐渐了解时会发现，郊狼也不是个坏家伙，就算是山狮（即美洲狮），也会欢快地低吼着从你身边经过。当时，在一个美丽的山谷里，住着一个小男孩和一个小女孩。

山谷非常适宜居住，天底下再也找不到这样一个游乐场一般的地方了。这个山谷就像一张大大的绿地毯绵延开去，风从草丛上拂过，草在风中摇曳，看过去就像海上的波浪一样。山谷里百花齐放，争奇斗艳，浆果在灌木丛中逐渐饱满成熟，夏日的微风中遍是鸟儿的歌声。

而这个山谷最好之处，就是没有一样令人害怕的东西。孩子们可以自由走动——看看欢快的蝴蝶，与松鼠和兔子做朋友，或

是跟着飞舞的蜜蜂去他储蜜的树上。

那里人们对待野生动物的态度也与今日不同。现在可怜的动物们要么被关在笼子里，要么被囚禁在围有高栅栏的一小块区域内。在那个美丽的山谷里，动物们可以依着天性，自由快乐地奔跑。熊是个懒惰善良的大块头，在夏天的时候，靠浆果和野蜂蜜为生，而在冬天的时候，则会钻到他的岩石洞穴中一觉睡到开春；鹿不仅举止高雅，而且性格和绵羊一样温驯，还经常到两个孩子常去玩耍的地方吃嫩草。

孩子们喜欢所有的动物，动物们也喜欢他们；而他们尤其钟爱长耳大野兔和羚羊。长耳大野兔有着长长的双腿和双耳——他的耳朵差不多和骡子的一样长，而且跳得比任何与其体型相仿的动物都高。当然，他没有羚羊跳得高——羚羊像漂亮的小鹿，有

着短短的犄角、细长的腿，跑得和风一样快。

一条河从山谷中流过，也正是有了这条河，这个幸福的山谷才变得如此宜居。方圆几英里的动物们都会跑到河边喝水，河水是那么清冽，在炎热的夏天，他们还会到河里洗澡。河中有一处浅潭，似乎是专为小男孩和小女孩而设的。他们的朋友——河狸，他平滑的尾巴就像一支船桨，他有蹼的双脚就像鸭子一样，在孩子们刚学会走路的时候就教会他们如何游泳；所以在温暖的下午到潭中戏水成了孩子们最爱的娱乐。

时值盛夏，河水的温度是如此宜人，这天两个孩子在潭里待的时间也比往常久，所以最后上岸的时候，两人都累了。加上稍许有点冷，他们于是在四周找寻一个合适的地方，以便将身上的水晾干，暖和暖和。

“咱们爬上那块长着苔藓、又大又平坦的岩石吧。”小男孩说，“我们之前从来没爬过呢。肯定很好玩。”

他努力从岩石一侧爬了上去，岩石只有几英尺高，之后，他把妹妹也拉了上去。然后他们就躺下歇息了，没多久，就在不知不觉中沉沉睡去了。

没人知道怎么回事，也没人知道具体是什么时候，岩石开始上升变大。但这事千真万确，因为如今看来，那块岩石高耸、光秃、陡峭，比山谷里任何一座山丘都要高。孩子们睡着的时候，岩石一寸寸、一尺尺升得越来越高；到了第二天，已经高过山谷里最高的树了。

与此同时，孩子们的父母正在四处寻找他们，但哪儿都找不到，连一点踪迹都没有。他们爬上岩石的时候没人见到，而且大家都开心地忙着做自己的事，没注意岩石变高。孩子们的父母四处搜寻，不停问道："羚羊，见过我们的儿子和女儿没？""长耳大野兔，你一定见过我家儿子和女儿吧？"但是动物们都说没有见过。

最后他们遇到了郊狼，郊狼是动物中最聪明的，他沿着山谷疾行，边走边嗅空气中的气味。因此他们问了郊狼同样的问题。

"没有，"郊狼回答，"我好久没见过他俩了。不过我有灵敏的鼻子、聪明的头脑，没准我能帮得上你们的忙。"

他跟在孩子父母身旁，沿着河边小跑，不久便走到了两个孩子游过泳的水潭边。郊狼嗅了又嗅。他鼻子贴着地面跑东跑西，接着径直跑到岩石边，两只前爪抵着岩石尽力向上伸，又嗅了一次。

"嗯！"他咕哝道，"虽然我不能像鹰一样飞翔，也不能像河狸一样游泳。但我也不像熊那么笨，不像长耳大野兔那么蠢。我的鼻子从不会骗我，你们的孩子一定在这块岩石上面。"

“但是他们是怎么爬上去的？”孩子的父母吃惊地问道。他们之所以会这么问，是因为在他们面前的岩石高耸入云，望不见顶。

“这不是问题的关键。”郊狼严肃地说——他不愿意承认世界上有他不知道的事情。“这不是问题的关键，人人都可以这么问。问题的关键在于：如何把他俩救下来？”

所以他们把所有动物召集起来，一起讨论怎么办。熊提议：“如果我能环抱住岩石的话，就能爬上去。但这块岩石实在太大了。”狐狸又说：“如果眼前不是座高山，而是一个深洞的话，我倒可以帮你们。”河狸也附和道：“如果是去水里的某个地方，我倒可以游过去，我可以马上示范给你们看。”

但这样的讨论并没有为解决问题提供多少帮助，他们决定试试看能不能跳上去，因为似乎别无他法。大家都很紧张，都不敢自告奋勇，最后所有人推举最小的动物首先进行尝试。所以老鼠滑稽地跳了一下，高度只能够到人的手。松鼠跳得稍微高一些。长耳大野兔做出了平生最高的一跃，还差点扭伤了背，但也无济于事。羚羊纵身跳到半空，但成果也只是在落地时没伤到自己而已。最后，山狮向后退了好长一段距离，做足准备，然后奔向岩石，纵身一跃，笔直地跳起——但落下的时候摔得四脚朝天。他是动物中跳得最高的，但依然离岩石顶端差了不止一点。

没人知道接下来该怎么做，似乎小男孩和小女孩要在云端沉

睡直至永远了。突然，他们听到一个细小的声音说：

“要不让我来试一试，我也许可以爬上岩石。”

大家都吃惊地四处张望，想看看是谁在说话。起先谁都没找到，还以为是郊狼朝他们做的恶作剧，但郊狼也和其他动物一样惊讶。

“稍等，我正在尽快赶来。”微小的声音又传来。随后，一条尺蠖从草丛里爬了出来——这条滑稽的小虫正弓着背向前一英寸一英寸地爬。

“嗬，嗬！”山狮从喉咙底挤出声音说。当他的自尊受到冒犯时，他就会这么说话。“嗬，嗬！就没听过这么放肆的话！如果连我，堂堂一头狮子，都失败了，像你这样一条可怜的小爬虫凭什么成功，你倒是给我说说看啊！”

“这真是傻到极点了。”长耳大野兔说，“真是太傻了，我从没见过这么自负的。”

然而，七嘴八舌说了很多后，大家最后还是觉得让尺蠖试一下并没有坏处。所以尺蠖慢慢爬到岩石边，并开始向上爬。过了几分钟，就爬得比长耳大野兔刚才跳的高了；又过了一会儿，就超过了狮子跃起的高度。再过了没多久，他已经爬出大家的视线了。

尺蠖花了整整一个月，没日没夜地爬，终于爬到了神奇的岩

石顶端。到了以后，他喊醒了小男孩和小女孩，孩子们见到身边的一切，大吃一惊。尺蠖带两个孩子沿着一条没人知道的小道安全下山。至此，靠着耐心与坚持，弱小的生物成功做到了连高大的熊、强壮的狮子都无法做到的事。而这是很早之前的故事了，现在山谷里已经没有了狮子和熊，也没人想念他们。但所有人都会想念尺蠖，因为大石山依然在那儿，并且印第安人以尺蠖的名字为其命名，称它“图托克阿努拉”（印第安语里尺蠖的意思）。一座高山竟然以尺蠖这个小家伙的名字命名，你可能会觉得不太相称，但想想尺蠖那伟大而勇敢的事迹，就会觉得再合适不过了。

暮星之子

很久很久以前，在吉切古米大湖沿岸，住着一个猎人和他十个年轻漂亮的女儿。女儿们的头发乌黑闪亮，好似黑鸟翅膀的羽毛一般。她们走路或奔跑时，秀发飞扬，宛如森林里自由优雅的小鹿。

正因为这样，很多追求者慕名前来——小伙子们勇敢英俊，身躯挺拔如箭，步履轻快如飞，哪怕日夜兼程也不感劳累。他们是草原之子，骑术精湛，不用鞍镫也能驾马飞奔。他们仅凭套索就能将野马抓住，朝马的鼻子里吹口气，就能像变魔术一般将其驯服；接着跳上马背策马飞驰，胯下的马仿佛被驯服了很久一般。

也有些小伙子从远方划着独木舟横跨大湖水域而来，双桨有力地划开水面，不留一丝声响，驱使着独木舟飞速前行。

所有小伙子都携带着礼物，以求博得女孩父亲的欢心。有逐日翱翔的雄鹰的翎羽；有狐狸、河狸的毛皮和野牛又密又卷的鬃毛；有五颜六色的珠子和印第安人用作货币的贝壳串珠（wampum）；有豪猪的刺和灰熊的掌；有柔软至极、捧在手中会起皱褶的鹿皮——礼物品种繁多，不一而足。

女儿们一个接一个接受追求，嫁为人妇，到最后，十个里有九个都找到了夫家。新帐篷也一个接一个建起，原本湖边就这一户人家，现在湖边的帐篷都能够组成一个小村庄了。当地物产丰富，猎物和渔获足以满足人们的需求。

仍旧未嫁的是年龄最小的女儿，奥薇妮——她也是姐妹中最漂亮的一个。她美丽贤淑，心地比任何人都要善良。和她那几个傲慢又喋喋不休的姐姐不同，奥薇妮腼腆又谦和，话很少。她喜欢独自在林中漫步，仅同鸟儿、松鼠和自己的思绪相伴。关于她的所思所想，外人只能猜测。从她恬静的双眼和甜美的表情中可以看出，任何自私、刻薄、憎恨的想法从未在她脑海中出现过。奥薇妮尽管非常谦逊，思想却非常独立，一个个追求者为此吃了苦头。不止一个自负的小伙子本自信可以赢得芳心，却不得不在奥薇妮的嘲笑声中垂头丧气地离去。

奥薇妮看上去似乎真的难以取悦。追求者一个接一个到来，个个都高大英俊，甚至连全国最英俊、最勇敢的小伙子都来过。但这个有着小鹿般眼眸的少女一个都看不上。要么说对方太高，要么说太矮；要么太瘦，要么太胖——至少，这是她将他们拒之千里的理由。她高傲的姐姐们对她失去了耐心，这似乎是在质疑她们自己的品位，因为奥薇妮说过要找到一个比她们任何人的丈夫都更有吸引力的郎君，但依然没人符合条件。她们无法理解她，所以她们最终鄙夷地认为，奥薇妮愚蠢而不可理喻。

就连最宠爱她、最希望她能幸福的父亲都困惑了。“跟我说说吧，我的女儿。”有一天父亲对她说，“你是不是想终身不嫁？全天下最英俊的小伙子们都来向你求婚，你却把他们都撵走了——而且给的理由又常常十分牵强。这是为什么？”

奥薇妮用她深邃的大眼睛看着父亲。

“父亲，”她最后说道，“我不是任性。但我似乎有可以看透男人内心的能力。我真正在乎的是一个人的内心，而不是他的外表。从这个角度上说，至今我还没有找到一个真正俊美的小伙子。”

不久，发生了一件奇怪的事。有一个名叫奥西奥的印第安人来到了小村庄，这个人不仅年龄比奥薇妮大好多，而且又穷又丑。尽管如此，奥薇妮还是嫁给了他。

她九个傲慢的姐姐为此事大嚼舌根！这被惯坏的小丫头是不

是疯了？她们问。噢，没错！她们一直就觉得她不会有好结局的，但这对整个家族来说并不是好事。

当然她们无法知晓奥薇妮一眼就看穿的东西——奥西奥性格慷慨大方，而且有一颗金子般的心；在他丑陋的外表下，有着高贵美好的心灵，有着诗人似火的激情。正因为如此，奥薇妮才爱上了他，而当知道对方也需要自己的关怀时，她爱得更深了。

然而现在奥薇妮并未想到，奥西奥只是被施了邪恶的魔法，其实他是一个俊美的小伙子。他的真实身份是暮星之王的儿子——暮星就是那颗会在太阳下山的时候，在靠近地平线的西边天空熠熠生辉的星星。在晴天的黄昏，这颗星星会如那些晶莹的宝石一般悬挂在粉紫色的暮光之中。它看上去是那么友善，那么近在咫尺，小孩子们会伸出手，想要在它被夜色吞没之前将其紧握，并永远珍藏。而大一点的孩子则会说："大神[1]在傍晚会走过天堂花园，这颗星星一定是他衣服上的一颗珠子。"

他们不知道可怜的、遭人轻视的奥西奥，其实是这颗星星的后裔。当他也朝着暮星伸出手臂，喃喃说着无人能懂的话语时，人们都嘲笑他。

一次，邻村举办了一场盛宴，奥薇妮的亲戚们都收到了邀请。他们步行前去——九个傲慢的姐姐和她们的丈夫走在前面，对自己和身上的华服扬扬自得，像多嘴的喜鹊一样说个不停；然而奥

薇妮跟在后面一言不发，和她同行的是奥西奥。

夕阳西下，粉紫色的暮光下，在靠近地平线的一端，暮星闪耀着。奥西奥停下脚步，朝着暮星伸出双手，仿佛在乞求怜悯一般。而其他人看到他这样子，都哈哈大笑，讥讽地说着恶毒的话语。

“与其抬头看天，”一个姐姐说，“不如让他好好看着脚下，别摔个跟头把脖子给扭了。”随后她转过头对奥西奥喊道，“当心！前面有段大原木，你觉得你能爬得过来吗？”

奥西奥没有应声，而当他来到原木边上的时候，他又一次停下了脚步。这是一棵被风刮断的巨大橡木的树干。这段原木已经倒在那里好多年了，上面铺着厚厚一层积聚多年的落叶。尽管如此，还有一件事姐姐们没有发觉。这棵树的树干并不是实心的，而是空心的，中间的空洞是如此巨大，一个成年人从一端走到另一端都不需要弯腰。

不过奥西奥并不是因为无法爬过树干才停下脚步的。他之所以停了下来，是因为这段中空的大树干看上去有某种神秘的魔力。奥西奥盯着树干看了许久，觉得这个树干自己似乎在梦中见过，而且此后一直在寻找它。

“怎么了，奥西奥？”奥薇妮抚着他的手臂问道，“你是不是看到了什么我看不见的东西？”

但奥西奥只是大喊了一声，余音在森林中回荡，喊完后就跳

进了树洞。奥薇妮隐隐担心，站在那儿等着。接着从树洞的另一端走出了一个人影。是奥西奥吗？是的，是他——但完全变了一个人！背也不驼了，面貌也不丑陋了，身体也不羸弱不堪了，现在他成了一个俊美的小伙子——身材高大挺拔，充满活力。他身上的诅咒解除了。

但魔咒的威力并没有完全消除。奥西奥走近时，发现自己深爱的妻子身上发生了翻天覆地的变化。她乌黑光亮的头发变得雪白，脸上爬满深深的皱纹；她拄着拐杖，步履蹒跚。尽管他自己恢复了年轻美好的样子，但是奥薇妮却突然间老了。

“啊，我最亲爱的！”他叫道，“暮星戏弄了我，竟让如此的不幸降临到了你头上。这不幸远甚我当初受的诅咒，若我能来替你承受村民的侮辱与嘲笑，而不是让你去遭受那苦难，该有多好。”

“只要你还爱我，”奥薇妮回答道，“我就心满意足了。若让我选择我俩之中只有一人能拥有年轻与姣好的容颜，我希望那个人是你。”

奥西奥将奥薇妮拥入怀中轻抚，发誓因为她内心的善良，自己会比之前还要爱她，接着他俩像恋人一样，手牵着手一起走过去。

那几个傲慢的姐姐看到这般景象，不敢相信自己的眼睛。她们看着奥西奥，目光中充满嫉妒，因为他比她们任何一位的丈夫都要俊美、高贵得多。奥西奥的眼中闪耀着暮星璀璨的光芒，当他开口说话时，所有男人都转身聆听，充满崇敬。但是铁石心肠

的姐姐们一点都不同情奥薇妮。事实上，她们还很开心，因为她们意识到奥薇妮再也不比她们漂亮了，她们被嫉妒蒙蔽的双耳再也听不到人们称赞奥薇妮的话语了。

宴会开始了，大家都非常开心，只有奥西奥闷闷不乐。他恍惚地坐着，不吃不喝。他不时将手放在奥薇妮手上，凑过去在她耳边说上一句让她宽心的话语。但更多时候，他坐在那儿，把目光投向帐子外面繁星密布的夜空。

不久，所有人都安静了下来。黑夜中，远方漆黑神秘的森林里，传来了乐声——微弱、优美的乐曲仿佛夏季暮光中画眉鸟的歌声，但仔细听又不像。这充满魔力的乐声从没有人听到过，从极远处传来，在夏日的寂静夜晚起伏荡漾。参加宴会的人们困惑地听着。他们当然会困惑！因为在他们听来，这只是音乐，而在奥西奥听来，是能听懂的话语，说话声来自天空——是暮星的声音。以下便是他听到的话：

“没事了，我的儿子。诅咒已经破除，从今以后再没有巫师能伤害你。没事了，是时候你该离开大地，回到苍穹与我同住了。你面前有一盘菜肴，沐浴在我的星光下，我已对其施了祝福，因此它有了魔力。吃一口这盘菜，奥西奥，一切都会好起来的。”

于是奥西奥吃了一口他面前的食物。看哪！帐篷开始颤抖，慢慢升向天空，越来越高，高过了树顶——朝着星星的方向越升

越高。上升的时候，帐篷里的一切发生了神奇的变化。陶罐变成了银碗，木盘变成了红贝壳，树皮篷顶和用于支撑的木棍变成了在星光下闪闪发光的材质。帐篷升得越来越高，九个傲慢的姐姐和她们的丈夫都变成了鸟儿。她们的丈夫变成了旅鸫、画眉鸟、啄木鸟，而姐姐们则变成了羽毛艳丽的各种鸟儿。其中四个最爱叽叽喳喳嚼舌根的，变成了喜鹊和冠蓝鸦。

奥西奥坐在那里，看着奥薇妮。她会不会也变成鸟儿？一旦这样，她就要离他远去了。这个想法让他悲伤地垂下了头。而当他再次抬起头看她的时候，发现奥薇妮瞬间恢复了之前的美貌，而她衣裳的颜色，则变成了只有在给彩虹上色的地方才看得到的奇妙色彩。

气流托着帐篷不断升高，帐篷开始摇摆颤动，它穿过云层，上升，上升，再上升——最终稳稳落在了暮星的国土上。

奥西奥和奥薇妮把所有鸟儿都捉进了一个大银鸟笼里，鸟儿们有了同伴，似乎也感到很满足。这时奥西奥的父亲，即暮星之王，走来问候他们。他身着的长袍翩翩，由星辰织成；他雪白的长发如云朵一般披在肩上。

“欢迎你们，”他说，“我亲爱的孩子们。欢迎来到这个本就属于你们的空中王国。你们经历了痛苦的试炼，但你们勇敢地面对了一切，现在该是为你们的勇气和忠诚报以奖励的时候了。你们会在这儿幸福生活，但有一件事你们必须当心。”

他指了指远方的一颗星星——那颗星星很小，闪烁着，在云雾中忽隐忽现。

“那颗星星上面，”他继续说道，“住着一个名叫沃比诺的巫师。他的法力可以使星光如万箭一般射出，伤害那些他想加害的人。他与我是宿敌，也是他把奥西奥变成了老人，并使他从天上掉到了地上。当心别被他的光射到。所幸他邪恶的法力已经被大大削弱，因为友善的云朵们都过来帮我，形成了一面他的光箭无法射穿的云屏。”

幸福的夫妇俩双双跪下，感激地亲吻了暮星之王的手。

“但是这些鸟雀，”奥西奥说着指了指鸟笼，“也是巫师沃比诺的杰作吗？”

“不。”暮星之王答道，“这是我的法术，爱的魔法，你们的帐篷也是因之飞升，将你们带到了这里。同样，也是我的法术将你们小心眼的姐姐和姐夫们变成了鸟雀。因为他们憎恨你们，嘲弄你们，而且对老弱之人毫无恻隐之心，常带着鄙夷，所以我这么处置他们。与他们应受的惩罚相比，这还算轻的。在这个银鸟笼里，它们足以幸福度日，以一身靓丽的羽毛为傲，心满自足，趾高气扬，叽叽喳喳。把笼子挂在我居所的门边，他们会得到悉心照料的。”

这样，奥西奥和奥薇妮便住在了暮星之国。随着时间推移，

巫师沃比诺住着的那颗忽闪忽闪的小星星，星光愈来愈惨淡昏暗，最后几乎失去了伤人的能力。同时，奥西奥和奥薇妮夫妇俩有了一个儿子，他们幸福的生活更加完美。这个可爱的男孩有着母亲梦幻般的黑眼珠，同时也继承了父亲的强壮与勇气。

他们的住处对小男孩来说是一个理想之地——靠近星星和月亮，天空是如此接近，就像他床上的帷幔，苍穹的光辉在他面前展露无遗。但有时候，他感到孤独，会猜想地球上的样子——那个他父母曾经居住的星球。他从暮星向下望能够看得到——不过实在太远太远了，以至于地球看上去还没一个橙子大。有时候他会朝地球伸出双手，就像地球上的小孩子们向月亮伸出手一样。

他父亲给他做了一张弓，还有一些小小的箭，这让他非常开心。但他依然很孤独，总是在想地球上的小男孩和小女孩都在做什么，以及他们会不会愿意和他一起玩。地球一定很美，他想，上面住着那么多的人。他母亲曾给他讲过那片遥远土地上的奇闻逸事，那里有美丽的湖泊与河流，有绿色的大森林，森林里住着鹿和松鼠，还有起起伏伏的黄色大草原，上面有成群成群的野牛。

他听说大银鸟笼里的鸟儿们也是从地球上来的，地球上还有成千上万这样的鸟儿，还有一些更加漂亮的，他见都没见过。有脖颈长而弯曲，在水上优雅徜徉的天鹅；有在夜晚的树林中鸣叫的夜莺；有红胸知更鸟，有鸽子，还有燕子。它们该有多美啊！

有时候他会坐在鸟笼旁，试着去理解里面披着羽毛的小生灵的话语。一天，他脑中出现了一个奇怪的想法。要是打开鸟笼放鸟儿们出来，鸟儿们飞回地球，说不定还能把他带着一起去。而爸爸妈妈想他的话，肯定也会跟着一起去地球，接着——

他并不知道自己这么做会带来什么后果。而他不由自主地来到了鸟笼旁，等他回过神来的时候，自己已经打开了鸟笼，把鸟儿放了出来。鸟儿们就这样在他周围飞来飞去。现在他心中有点不安，还有点害怕。如果鸟儿飞回了地球，把他一人留在原地，那爷爷会怎么说？

“回来，回来！”他叫道。

但是鸟儿们依旧只是围着他盘旋，完全不理会他的喊叫。它们随时都可能飞回地球。

“回来，你们给我听着！”他大喊，跺着脚挥舞着他的小弓，“给我回来，否则我就把你们射下来。”

鸟儿们都不听他的，他搭上弓就是一箭。他瞄得很准，弓箭穿过一只鸟儿的羽毛，羽毛落得到处都是，鸟儿受到了惊吓，掉了下来，不过受伤并不严重。鸟儿掉落的地面沾上了一小滴鲜血。但现在那鸟儿已经不是翅膀上插着箭的鸟儿了，在它掉落的地方，站着一个年轻美丽的女子。

因为住在星星上不允许流血，不论是人是兽还是鸟儿，所以

几滴血滴到了暮星上，一切都起了变化。男孩猛然间发现自己被无形的手托着下坠，慢慢接近地球。没过多久，他看到地球上绿色的山丘，浮在水面的天鹅。他躺在无形的手上向天上看，他看到帐篷也在下降。帐篷轻柔地飘下来，最后落在了一个岛上。帐篷里是他的爸爸妈妈，奥西奥和奥薇妮——他们都回到了地球上，又一次和人类一起生活。他们把生活的技能传授给男人和女人们，因为他们在暮星上学到了很多东西，所以地球上的孩子们能够学到更多的知识了。

他们手拉手站在那里，所有着了魔的鸟儿们都从空中拍打着翅膀飞下来。一旦落到地上，它们便不再是鸟了，都恢复了人形。虽然恢复了人形，但和之前不太一样，现在他们变成了侏儒、袖珍人，印第安人称他们为“普克武德奇斯”（美洲诺亚格人民间传说中的矮人名）。他们变成了快乐的小矮人，很少有人见过他们。渔民们说会偶尔瞥见——在夏夜，大湖边平坦的沙滩上，他们在暮星的光芒下起舞。

---

[1] 大神（Great Spirit）：印第安神话中的天神。

捕到太阳的男孩

厚厚的冰雪覆盖大地，在冬天月光的照射下闪闪发亮。风停了，一切寒冷而沉静。森林中鸦雀无声，唯一打破夜晚寂静的声响，是现已冰封的大咸水湖吉切古米湖面上冰层的噼啪声。

而亚古老人的“蒂皮”（teepee）里，则温暖又让人开心。“蒂皮”在印第安语里，是帐篷的意思。亚古老人的这个帐篷上覆盖着又厚又牢固的野牛皮；亚古和两位小客人坐的毯子，则是由穆克瓦熊厚厚的冬衣制成，既柔软又舒适。这两位小客人是晨曦和她的弟弟——鹰羽。他俩盘腿坐在温暖的毛皮上，等着老人开口讲故事。

突然一只白脚鼠从角落的窝里溜出来，跑到孩子们身边，像讨饼干吃的狗一样直直坐着。鹰羽举起手想吓跑他，但晨曦抓住了他的手臂。

“别，不要！”她说，“别伤害他。看他多友善，而且一点也不怕人。在森林里，能让勇敢的男孩子张弓射箭的猎物有很多。为什么要浪费力气在一只弱小的老鼠身上呢？”

鹰羽一听到好似是称赞自己力量的话就会很开心，所以他放下了手。

“你的话很对，晨曦。”鹰羽回答道，“我的狩猎技巧应该用来对付河狸阿米克，或是野天鹅瓦乌贝塞才对。”

这时，亚古转过身，打破了他长久以来的沉默。

“在过去，”他神秘兮兮地说，“那个时候，一千个鹰羽这样的男孩子根本就没法和当时的老鼠对抗。”

“那是什么时候？”鹰羽问，不安地看着他姐姐。

“那是大睡鼠的时代。”亚古回答说，“很久以前，当时地球上动物数量比人类要多得多，所有走兽中，体型最大的就是大睡鼠。然后发生了一件怪事——一件前无古人后无来者的事。我要不要告诉你们？”

“哇，请告诉我们吧！”晨曦央求道。

“我接下来要讲的故事，”亚古开始说道，“并不是一个关于大

睡鼠的故事，也不是一个关于小男孩和他姐姐的故事。不过要是没有大睡鼠的话，我现在就不能坐在这里和你们讲故事了，你们也没法坐在这里听故事了。

“在我开始讲故事前，你们必须明白当时的世界和现在是截然不同的。嗯，对，完全不一样。当时人们不吃动物的肉，他们以浆果、树根和野菜为食。大神创造了地上、天空、水里的一切，但还没有赐予人类‘蒙达明’，也就是印第安玉米。人们还不会用火来取暖或是煮食物。整个世界上只有一小团火焰，由两个老巫师看管，没人可以接近。直到后来郊狼过去偷了火种，人间才有了火。而在当时，人们会把采集来的食物不加处理生吃。”

“那他们一定吃不饱吧？”晨曦说。

“嗯，是的，饥肠辘辘。”亚古表示同意，“但糟糕的事不止这些。当时地球上动物那么多，人类那么少，所以动物们以他们自己的方式统治着地球。其中最大的动物叫博什克瓦多什，也就是乳齿象。他比最高的树还要高，而且胃口特别大。不过他并没有在地球上待多久，不然其他动物都没东西吃了。”

“好像你说过睡鼠才是最大的。”鹰羽插话道。

亚古认真地看着他。

“我说的当时，”亚古继续说，“乳齿象刚走。他走得也不太早，因为那时候，整个地球上的人类，就剩下一个小女孩和她弟弟。”

“就像鹰羽和我？”晨曦问。

“那个女孩子和你很像，”亚古耐心地说，“但是男孩子是个侏儒，永远长不过三英尺高。因为女孩子在身高和体力上都比她弟弟强，所以她为自己和弟弟采集食物，并悉心照料他。有时候她会在采集浆果和树根的时候把弟弟也带上。‘他长得这么小，’她自言自语，‘要是我把他单独扔下，大鸟会俯冲下来把他抓到窝里的。’

“她不知道她的弟弟性子很怪，捣起乱来无法无天。一天她对弟弟说：‘弟弟啊，看！我给你做了一副弓箭。你要学着自己照顾自己了，我出去的时候，你可以练习射箭，因为这是你必须掌握的技能。’

“冬天来了，他身上只有一件姐姐用野草编织的薄外套御寒。怎么才能弄到一件暖和的大衣呢？正在他问自己这个问题的时候，一群雪鸟从空中飞下来，落到他附近一棵倒下的树干上啄虫子吃。‘哈！’他说，‘鸟的羽毛可以用来做件不错的衣服。’他搭弓射箭，但当时他还没有学会如何瞄准。所以他射出去的箭与目标偏了十万八千里。他又射了第二支、第三支，最后鸟儿们都受惊飞走了。

“在此之后，他天天练习射箭——没有靶子，就射树。终于他射下了一只雪鸟，接着射中的越来越多。射了10只鸟后，羽毛便

足够做衣服了。‘姐姐你看，’他说，‘我再也不会受冻了。现在你可以用这些小鸟的皮毛帮我做衣服了。’

“所以，他的姐姐把这些鸟儿的皮毛缝到一起做成了一件大衣，这是他穿过的第一件暖和的冬衣。衣服不仅看起来很漂亮，表面的羽毛还可以御寒。哎呀！他感到十分自豪！拿着弓箭，他趾高气扬地走来走去，就像一只骄傲的小火鸡。‘这是真的吗？’他问，‘我们真是这地球上仅存的人类吗？我去找找，或许能找到其他人。反正找找看也没什么坏处。’

“他姐姐担心他出去会受到伤害；但是他下定决心为了自己去看一下这个世界，于是他出发了。但是他双腿很短，不习惯走长路，所以不一会儿他就累了。他来到了山崖边的一片荒地，在那里，积雪在阳光下消融。他躺了下来，不久就进入了梦乡。

“他睡着的时候，太阳捉弄了他。当时虽然是冬天，但天气暖和。他身上的鸟羽衣还很新很软，在阳光的直射下开始缩得越来越小。‘啊呀！这是怎么回事？’他在睡梦中感到身上的衣服越来越紧，忍不住嘟囔着。他醒来的时候，伸出手臂，发现了事情的真相。

“当时太阳快要落山了。男孩子站起来面对太阳挥起了小拳头。‘看看你都干了些什么！’他跺着脚大喊，‘你毁了我的新羽衣。不过没关系！你觉得自己离我远，我够不到你是吧。我会报复的，

走着瞧！’”

“他怎么可能够得到太阳啊？”晨曦问，双眼瞪得越来越圆。

“他和他姐姐说起这件事的时候，他姐姐也问了同样的问题。”亚古说，“那你猜猜他是怎么做的？首先，他什么也没做，就在地上呈大字形躺着，不吃不喝一动不动连躺了10天。接着他翻过身又躺了10天。最终，他站起身来。‘我决定了。’他说，‘姐姐，我有了一个计划，用套锁捉太阳。帮我找些绳子，我来做个圈套。’

“她就去找了些坚韧的草，编成了绳子。‘这可不行，’他说，‘要找更结实的。’他用命令的口吻说话，再也不是小男孩的样子了。她姐姐就想到了自己的头发。于是她剪下了好多头发，足以编成一根绳子，编完后，弟弟非常开心，说这准行。他从姐姐那里接过绳子，用嘴含住，于是绳子变成了金属的质地，变得越来越结实，越来越长，最后他觉得绳子长度差不多了，就把绳子绕在了身体上。

“半夜他爬上山丘，在太阳升起的地方做了一个圈套。他不得不在又黑又冷的夜里等了好久。最终，天空中出现了微弱的光。太阳刚升起来，就被绳索套住动弹不得。”

亚古停了下来，看着火苗。大家可能觉得每当他这么做，就能在火焰和烧红的木炭里看到图画，以此来讲述故事。但晨曦等不及想听到接下去的故事。

“亚古，”最后，她小声地说，“你是不是把睡鼠给忘了？”

“哎呀！睡鼠啊！没，我没忘掉。”老人直起身回答，“太阳没有和平时一样升起，动物们不知道发生了什么事。松鼠阿德吉道莫在松枝上嚷嚷咒骂；渡鸦卡加吉拍打着翅膀，比平时更刺耳地呱呱叫着，和同伴说世界末日到了；只有穆克瓦熊完全不把这当一回事，他在冬天就钻到洞里，所以外面越黑他越喜欢。

“太阳没有升起的消息是东风瓦布恩带来的。他从箭囊里抽出银箭，把黑暗驱赶出山谷。但这次太阳没有来帮忙，所以他的箭失去威力，掉到了地上。‘醒醒，大家快醒醒！’他呼吼着。‘有人把太阳捉进圈套里了。哪个动物有胆量，去把绳索割断？’

“就算是动物中最聪明的郊狼也不知道怎么才能把太阳从圈套中解救出来。因为太阳光放出的热量实在太大，他根本无法靠近太阳，哪怕一支箭的飞行范围，即使太阳被那条头发编成的神奇绳索套住了。

"'交给我吧！'战鹰肯尤从悬崖上的巢中飞出，大声说道，'只有我可以在天空中翱翔，凝视太阳，眼都不眨一下。交给我吧！'

"他冲进了黑暗，然后又飞了回来，身上的羽毛都被烧焦了。于是动物们把睡鼠叫醒。为了把他喊醒，动物们费了好大的劲，因为只要睡鼠一入睡，就要睡6个月，在此期间几乎没办法叫醒他。郊狼爬到睡鼠耳边，用最大的力气朝他的耳朵吼叫。其他动物的耳朵都快被震聋了，但睡鼠库格俄贝恩格瓦克瓦只是嘟囔着翻了个身，郊狼差点就被压成了玉米饼。

"'要叫醒他只有一个办法。'郊狼从地上爬起来，抖了抖身上的毛。'我去山洞里喊雷神安尼米基。他的声音比我还要可怕。'说完他就飞快地跑了出去。

"不久，动物们听到安尼米基来了。轰隆——轰隆！雷神对着睡鼠的耳朵大声吼叫，这只世界上最大的动物慢慢地站了起来。在黑暗中，他看起来比任何时候都更加庞大，就像一座大山。雷神又喊了一声，确认睡鼠真的清醒过来，不会又睡着了。

"'现在，'郊狼对睡鼠说，'你必须把太阳救出来。如果太阳烧着我们中的任何一个，除了骨头什么都不会剩下。但你的身体那么大，就算你身体的一部分被烧了，剩下的大小对你来说也足够了。那样子的话，你胃口也不会那么大，不需要花那么多精力去寻找食物了。'

“睡鼠很笨，而且郊狼说的似乎也挺有道理。另外，由于他是最大的动物，他有责任做大事。所以睡鼠上了山，来到小男孩捉住太阳的地方，开始啃咬绳索。在他咬的时候，他的后背越来越热。不久就烧了起来，他的整个上身被烧成了一堆灰烬。最终，他用牙齿咬断了绳索，太阳恢复了自由，但他的身子也被烧成了普通老鼠的大小。他当时身子剩下的大小，也就是他现在的大小。不过，对于老鼠来说，他的身形也足够了，也许这才是郊狼的真正意图。郊狼很狡猾，会耍很多手段，总是很难一下子弄明白他到底是什么意思。”

夏天如何归来

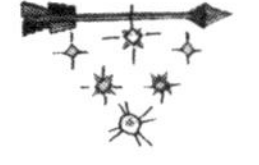

晨曦厌倦了冬天，期盼着春天的到来。有时看起来好像坏脾气的老北风卡比昂欧卡永远不会回到他在冰原的家了。他口中呼出的冷气牢牢冻住了大咸水湖吉切古米，还给湖面覆盖上了厚厚的一层雪，你都无法分辨出哪里是大湖，哪里是陆地。

除了美丽的青松，整个世界都是白色的——一个白得令人眩晕的寂静世界，没有水的细语声，也没有鸟儿的歌唱声。

“知更鸟欧皮切永远不会回来了吧？”晨曦感叹道，“如果哪里都没有夏天，没有带来紫罗兰和鸽子的南风沙文达斯。哦，亚古，这会不会非常可怕呢？”

“晨曦，耐心点。”老人回答道，“很快你就会看到大雁瓦瓦高飞到北方。我历经春秋，有时候大雁来得晚些，不过他一定会来的。当你听到他的叫声时，知更鸟欧皮切就快来了。”

“我尽量耐心等待。”晨曦回应道，“不过北风卡比昂欧卡太猛烈了，我不禁在想，他的力量会不会有朝一日强大到让他可以在这儿安家，想到这个就让我打哆嗦！”

亚古从火堆边起身，拉了拉门口用水牛皮做的门帘。他指着清澈而闪耀着星光的天空。

“看！”他说，“看北边，看这儿有一小团星团，你知道我们叫它什么吗？”

“我知道。”鹰羽回答道，“这是渔貂星座欧吉格安农，如果仔细看，你能看到星团怎么构成渔貂的身体。他伸平了身体，有一支箭穿过了他的尾巴。姐姐，你看！”

“渔貂，”晨曦重复道，“你是说毛茸茸的小动物，比如狐狸那样的动物？是不是还有另一个名字叫‘马滕’？”

“对，没错。”鹰羽说道。

“嗯，我看到了。”晨曦点头说道，“但是为什么渔貂要像那样伸平他的身体，而且尾巴上还插着一支箭呢？”

“这个我也不太清楚。”鹰羽承认道，“我觉得可能有猎人在追他，也许亚古能告诉我们为什么吧！”

亚古放下门帘，回到篝火旁。

“你觉得地球上可能曾经有过没有夏天的时候，”他对晨曦说，“你说对了。在渔貂欧吉格把夏天从天空中找回来以前，大地到处都覆盖着白雪，总是很冷，如果不是欧吉格自愿放弃他的生命，我们大家就无法获得温暖，北风就会像他统治冰之国一样统治这个世界。”

晨曦和鹰羽坐在柔软的小毯子上，这块地毯以前是穆克瓦熊冬天的大衣。亚古给他们讲了夏天如何归来的故事。

在原始森林和大湖的交界处，住着一个名叫欧吉格的强壮猎人。没有人像他那么了解树林，别人如果没有做记号的话可能会在那儿迷路，可是他无论白天黑夜都能在没有标记的杂乱的树木和低灌木丛间轻松快速地找到路。他紧跟逃跑的马鹿，熊也逃脱不了他迅捷的追捕。当他嗅到危险时，狡猾如狐狸，耐力如狼，奔跑的速度如野火鸡。

当欧吉格射箭时，他总能命中目标；当他决定去一个地方时，没有风暴和雪能迫使他返回。他从来都是说到做到，而且还都做得很好。

正因为这样，有些人开始相信欧吉格是个马尼托。“马尼托”在印第安语里的意思是拥有法力的人。无论什么时候，欧吉格都可以把自己变成像渔貂、貂这样的小动物，这让大家对此更加深

信不疑。

也许因为这样，他和一些动物相处友好，当他召唤他们的时候，他们总是愿意帮助他。这些动物包括水獭、河狸、猞猁、獾和狼獾。有一次，正如我们看到的，当他急需他们帮助时，他们就迅速赶来协助他。

欧吉格有个他深爱着的妻子和一个 13 岁的儿子。他的儿子立志要成为像他父亲一样伟大的猎人。男孩已经显示出了高超的射箭技术，如果欧吉格发生意外不能为家人供给食物，他的儿子觉得自己能射到足够多的松鼠和火鸡使家人免受饥饿。

欧吉格给家人带回鹿肉、熊肉和野火鸡，这样他们就有足够的食物。如果不是天气寒冷，他儿子会非常高兴。他们有鹿皮和兽皮制成的暖和衣服；森林中的木柴让他们可以一直有篝火相伴。但是尽管如此，寒冷还是一个极大的考验，因为他们的世界一直处于冬天，厚厚的积雪永不融化。

有些睿智的长者从别处打听到，头顶的天空不但是我们这个世界的顶部，同时也是一个在我们头上的美丽世界的底部。那里的鸟儿有着鲜亮的羽毛，它们在一个愉悦、温暖的叫作夏天的季节里甜美歌唱。这是一个人们想要相信的美好故事，这个故事十有八九是真实的，他们说，你可以想象，因为太阳离大地很远，而离天空很近。

男孩一直梦想着这个事情，想着如何能做到。他的父亲无所不能，有些人说他是马尼托，也许他能把夏天带到这个地方来，这会是一件最伟大的事情。

有的时候天气非常冷，男孩去树林里的时候会冻伤他的手指。这样他就没法搭弓射箭了，也就不得不无功而返。有一天，他在森林里走了很远，却空手而归。这时他看到一只红色松鼠用两条后腿蹲坐在一个树桩上，这只松鼠正在啃着一个松果，当年轻的猎人向他逼近时，他居然丝毫没有要逃走的意思。然后这只小松鼠开口了：

“小子，”他说，“我有些话想跟你说，你一定想听。把你的箭收起来，不要妄想射杀我，这样我会给你一些好建议。”

男孩十分惊讶，于是他松开了弓，把箭放回了箭筒。

松鼠说：“现在，认真听我说。地球一直被冰雪覆盖，严寒冻伤了你的手指，让你很不开心。我和你一样不喜欢寒冷。说实话，森林里的食物远远不够我吃，大地一直被冻得硬邦邦的。你可以看到我多么瘦，因为一个松果没有什么脂肪。如果有人能想办法把夏天从天空中解救出来，那将会是天大的福事。”

“这是真的吗？”男孩问道，“我们头顶的天空是一个舒适温暖的世界，冬天只停留几个月亮的时间？”

“是的，这是真的。”松鼠回答道，“我们动物知道这件事很久

了。战鹰肯尤，在太阳四周翱翔，他有一次看到天空中有条细缝。缝隙是由闪电韦沃斯伊莫造成的，一场暴风雨让整个世界被水淹覆，战鹰肯尤感到温暖的空气渗出，但是生活在上面的人马上就把裂缝修好了，天空再也没有漏过。”

“那就是说那些睿智的老者说得对喽。”男孩说，“我的父亲欧吉格基本上可以做到任何他想做的事情。你觉得如果他用尽全力，他可以穿过天空把夏天带到我们身边吗？”

“当然！”松鼠高声叫道，“所以我才跟你讲这件事，你的父亲是一位马尼托，如果你使劲求他，告诉他你有多么不开心，他一定会去一试的。你回去以后，给你父亲看你被冻伤的手指，告诉他你整天要跺着脚在雪上走路，告诉他这样回家有多么困难，告诉他有的时候你都快要冻僵了，完全回不了家。然后他就会按照你的请求去做，因为他非常爱你。”

男孩谢过松鼠，并答应听从他的建议。从那天开始，他就没有让他爸爸清净过。最后欧吉格对他的儿子说：

“我的孩子，你要求我做的事情太危险了，我不知道会发生什么。但是上天赐我马尼托的力量是有原因的，没有什么比尝试把夏天从天空中带下来更棒的了，这会让我们居住的这个世界更加美好。”

他准备了一个宴会，邀请了他的朋友们：水獭、河狸、猞猁、

獾和狼獾。他们碰了碰头，讨论怎么做对他最好。猞猁第一个开口了，凭借他的大长腿，猞猁去过很多遥远而陌生的地方。此外，如果你的视力很好，在晴天没有月亮的夜晚，你仰望天空，可以看到正如睿智的老人所说的，像猞猁一样的一小组星星。这使得猞猁相当重要，特别是发生这样的事情时。所以当猞猁开始讲话时，其他动物都怀着敬意聆听。

“这里有座高山，”他说，“你们没人见过，没有人见到过山顶，因为山顶一直隐藏在云端。而有人告诉我这是世界上最高的山，几乎碰着天了。”

水獭笑了，这几个动物中只有他会这么做，有时候他没什么特别的缘由也会笑，在他觉得自己比其他动物聪明的时候，这时他乐于显摆。

“你在笑什么？”猞猁问道。

“没什么，”水獭回答道，“我就是笑笑。”

“总有一天这会给你惹上麻烦的。”猞猁说道，“仅仅因为你没听说过这座山，你就觉得它不存在吗？”

“你知道怎么去吗？”欧吉格问道，“如果我们爬到山顶上，也许能找到破开天空的办法。这看上去可行。”

“我就是这么想的。”猞猁说，“我确实不知道这座山在哪儿，可是从这里开始走一个月亮的时间，那里住着一位身形巨大的马

尼托。他知道，而且他会告诉我们的。”

就这样，欧吉格告别了妻子和年幼的儿子。第二天，猞猁、欧吉格和紧跟其后的其他小动物就踏上了漫漫旅程。就像猞猁说过的那样，他们日夜兼程，走了一个月亮的时间，来到一座帐篷前，白人把这叫作“印第安帐篷”，门口站着一位马尼托。他的样子很古怪，他们从来都没见过这样子的人，一个巨大的头上面长着三只眼睛。第三只眼睛长在前额上，在另外两只的中上方。

他邀请大家进了屋，还给大家端上了肉，可是他的样子很奇怪，他的动作很滑稽，水獭忍不住笑了起来。这时，马尼托中间的那只眼睛开始变红，就像燃烧的煤炭，然后他扑向水獭，水獭溜出了门口，他自己待在凄冷黑暗的夜里，连口晚饭都没吃上。

水獭被赶出去后，马尼托似乎满意了，告诉剩下的人，他们今晚可以在他的帐篷里留宿，他们就在这儿留宿了。别人都睡了，可是欧吉格没有，他发现马尼托只有两只眼睛闭上了，中间那只眼睛还是睁着的。

第二天早上，马尼托告诉欧吉格，朝着北极星的方向一直向北走，20 个太阳（印第安人对“一天”的叫法）后他们就能到达高山。“你自己也是一位马尼托，”他说，“你也许可以带着你的朋友一起爬到山顶，可是我不能保证你还能下来。”

“我想知道的只是那里是否离天空足够近。”欧吉格回答道。

他们又一次出发了。在路上他们遇到了水獭，水獭看到他们之后又笑了，不过这次他笑是因为发现他们而感到欣喜，而且欧吉格还从昨晚马尼托为他们准备的晚饭中给他留了肉。

20天后他们来到了山脚下，他们一起向上爬，穿过了云层，继续走，最后他们停了下来，大家都累得上气不接下气，坐在世界之巅上歇息。让大家高兴的是，天空看起来非常近，好像伸手就可以摸到。

欧吉格和他的同伴们往烟斗里填好了烟叶，但是在吸烟以前，他们先召唤大神，祈求尝试成功。按照印第安的方式，他们手指脚下大地，头顶天空还有四方的风。

吸完烟以后，欧吉格问道："你们谁跳得最高？"

水獭咯咯地笑了。

"好吧，你跳！"欧吉格命令道。

水獭跳了起来，当然够高了，他的头已经碰着天空了。可是天空比水獭要坚硬得多，下来时水獭直撞到地上，背着地，顺着山势滑了下去。一会儿就消失在视线中，大家再也看不见他了。

"咯！"猞猁咕哝道，"让他笑，这回吃到苦头了吧。"

这次轮到河狸跳了。他也撞到了天空，不过也摔了下来，瘫到了地上。獾和猞猁的运气也不好，之后他们的头疼了很长一段时间。

"全看你的了。"欧吉格对狼獾说，"你是他们中最强壮的，预

备——跳！”

狼獾跳了起来，也落了下来，不过他是脚着地的，非常安全。欧吉格激动地喊道：

“太好了！再试一次！”

而这一次，狼獾把天空撞得凹了进去。

“开始裂开了！”欧吉格叫道，“就是现在，再来一次！”

狼獾第三次起跳，这次他穿过了天空，飞出了视野，欧吉格迅速跟上他。

环顾四周，他们正身处一个美丽之境中。欧吉格这辈子一直生活在冰天雪地中，他如做梦般站在那儿，不禁想这是不是真的。他身后是一个光秃秃的、只有白色和冬天的世界，那里的水一直是冻着的，那是一个没有音乐和颜色的世界。他现在进入的是一个有广袤绿色平原的世界，有着花朵和缤纷的色彩。这里的鸟儿有着艳丽的羽毛，在长满树叶的树枝间歌唱，树枝上还结着金色的果子。溪流蜿蜒曲折，穿过草地，流入美丽的湖泊。温暖的空气里面混着一百万种花香。这就是夏天！

湖岸边是天空居民的帐篷，看上去相距有些远，帐篷都是空的，但屋前放着巨大的鸟笼，里面住着很多漂亮的鸟儿。温暖的夏日空气已经开始从狼獾破开的洞中流出去了，欧吉格急忙打开鸟笼，鸟儿们飞了出来。

天空居民看到了发生的一切，开始大叫。但是春天、夏天和秋天已经从洞口逃到下面去了，还有很多鸟儿也逃出去了。

狼獾也逃出去了，在天空居民抓住他之前，他从那个洞口逃回了大地。而欧吉格就没这么幸运了。天空中还有一些他儿子会喜欢的鸟儿，所以他继续打开鸟笼。在天空居民封住洞口之时，欧吉格已经来不及逃走了。

天空居民追捕他时，他变身为渔貂，以自己最快的速度沿着平地向北逃跑。变身为渔貂的他能跑得更快，而且变身渔貂的时候，除非射中他尾巴尖部，否则弓箭都伤不到他。

可是天空居民跑得更快，渔貂爬到了一棵高树上。天空居民都是好射手，他们射出了很多箭，直到最后有一支箭射中了渔貂的死穴，他知道自己不行了。

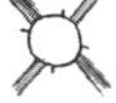

现在他看到一些敌人身上的图腾，还有家族武器，显示出他们来自他的部落。“我的兄弟们！”他这样称呼他们，“我求你们离开，让我一个人在这儿待着。”

天空居民准许了他的请求。他们走了以后，渔貂从树上下来，在地上溜达了一会儿，想在平原上找一个开口，好让他返回地球。不过并没有这样的开口，最后，他感到虚弱眩晕，就舒展身体躺在天空的地上，从那儿透过星星能看到下面的世界。

“我实现了自己的诺言。”他带着满足的表情说道，“我的儿子现在正在享受夏日，还有地上其他的人也在享受这一切。数年后我会变成天堂中的一个星座，且我的名字被提及时，人们会加以赞扬。我已经很满意了。”

所以到今天渔貂还在天上，在晴天的夜晚你可以清楚地看到他，而他依然带着射穿尾巴的那支箭。印第安人称之为渔貂星座——“欧吉格安农”，而白人称之为北斗七星。

“蚱蜢”的故事

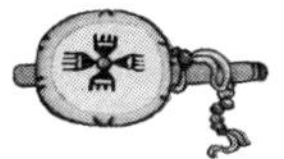

从前有个快乐的印第安年轻人，他可以跳得很高，搞出很多恶作剧，所以后来大家都叫他“蚱蜢”。他长得高大英俊，常常搞出这种那种的恶作剧。尽管他的小把戏能使人发笑，可是当他做得过头了，一段时间以后他便忧伤了起来。

“蚱蜢”拥有一个印第安人最想要的东西。他的小屋里有各种各样的烟斗和武器，白鼬皮和其他动物皮毛，很多装饰有豪猪刺的鹿皮上衣，许多双带珠子的莫卡辛鞋[1]。除此以外，他还有很多贝壳串珠，数量之多，似乎一个人不可能通过诚实劳动获得。

事实上，不像其他猎人那样，“蚱蜢”的这些东西不是靠他自

已的狩猎技巧和勇气得来的。他靠的是在一只木碗里摇动几块上了色的骨头和木头，然后把这些抛向地面赢来的。也就是说，“蚱蜢”是个赌徒，而且他是个运气非常好的赌徒，能轻易从别人那儿赢到钱。凭借着木碗游戏和筹码，他赢得了其他人冒着生命危险打猎获得的东西。

如果人们能忍受他，甚至对他那些疯狂的把戏付之一笑的话，那是因为他跳舞跳得很好，从没有人跳得像他那样。举行婚礼的时候，庆祝打猎丰收的盛宴上，有谁能比“蚱蜢”更会娱乐大家呢?

他的舞步如此飘逸，似乎没有在地面上留下痕迹，当作战或者举行玉米节的时候，他会跳印第安传统舞蹈。可是他擅长的是狂野而炫目的舞蹈，带有飞跃和弹跳的舞蹈，带有头朝下动作的舞蹈。

“蚱蜢”就好像变成了一阵人力旋风。他转着转着，那旋转的身体带起了地上的枯叶和灰尘，直到后来舞者的轮廓模糊了，看起来就像一朵旋转的云。

以前，伟大的马尼托曼阿博若娶妻成家并到部落里定居，他尽其所能教大家如何更好地生活。“蚱蜢”在婚礼上跳舞，他称之为“乞丐之舞”，舞蹈如此绝妙！在大咸水湖吉切古米岸边，他把沙子堆成了沙丘。如果你问亚古，他会告诉你那些沙丘是“蚱蜢”

的杰作，他在曼阿博若婚礼上狂舞的时候，带得沙子旋转起来，形成了沙丘。

尽管“蚱蜢”来参加了婚礼，表演了这疯狂的乞丐之舞，可是看起来他更多的是为了取悦自己并炫耀舞技，而不是向伟大的曼阿博若致敬。“蚱蜢”确实对其他人毫无敬意。当亚古的爷爷在讲一个绝妙的故事时，讲到中间最精彩之处，“蚱蜢”很可能会打哈欠伸懒腰，轻声嘟囔着他已经听过这个故事了。

还有曼阿博若——这位伟大的马尼托，西风穆德杰基维斯之子，他拥有神力，并以此来帮助部落。他斋戒祈祷，希望让他的人民而不是树林里那些野生动物得到食物。而他的祈祷也得到了回应，上天赐予的礼物是印第安玉米。当渡鸦王卡加吉带着他的黑飞贼们飞过大地，掘出地里的玉米种子时，又是曼阿博若设下陷阱，抓住渡鸦王并把他绑在了自己帐篷的横梁上，渡鸦王呱呱的叫声威慑着其他乌鸦。

然而曼阿博若的神力和智慧对“蚱蜢”影响甚微。“哎！”他会说，“为什么一个印第安人要费心种玉米呢，他可以搭弓射箭射到一头大肥鹿。”然后他摇摇他的狼皮口袋，里面的骨头和木头发出“咯咯”的响声。“只要我有这些，”他自言自语，“我就不奢求其他东西了。毕竟，其他人都在为那个知道如何用脑的人工作。”

“蚱蜢”在村庄里漫步，非常骄傲地大步向前，手里拿着他那把用火鸡羽毛做成的扇子，他长长的黑发上系着天鹅羽毛，鞋跟后拖着狐狸尾巴做成的装饰。他那镶有白鼬皮的白鹿皮上衣，饰有珠子和豪猪刺的长袜和莫卡辛鞋，让他大放异彩。晚上有舞会，“蚱蜢”可是个花花公子，是所有年轻女孩和成熟女性的最爱。他已经为晚上的舞会打扮好了：脸上画着蓝色和朱红色的条纹；蓝黑色的头发从中间分开，闪耀着头油的光泽；搭在肩头的发辫中编着白菖蒲。勇士们也许会叫他“肖戈达亚”（胆小鬼），并取笑他的花费，可他却不在乎。难道他不会在进行球类游戏和绳圈游戏时打败他们吗？姑娘们不都喜欢他俊俏的样子吗？

其间，“蚱蜢”希望能用些快活的方式来打发时间。他从小屋门口经过，瞥见一群年轻男子坐在地上，听着一个老亚古的故事：

“嘿！”他大声叫道，“你们难道没有别的事儿做吗？我这儿有个游戏，很好玩儿！”

他从袋子里掏出了那13块骨头和木头，把它们从一只手抛到另一只手上。可是没有人关注他。毕竟，“蚱蜢”他“脚跟的功夫比脑子的本事大多了”，他以前那么狡猾，大家惧怕他的赌技，所以没有人跟他玩。

“呸！”“蚱蜢”低声抱怨着，转回身说道，“我知道是怎么回事了，令人敬仰的曼阿博若一定又给他们进行说教了。这个村子

变得越来越让人厌烦，很难住下去了。我该出去闯一闯，去寻找一个地方，一个年轻人不会只坐着跟婆娘聊天的地方。”

他沿着村子散步，下定决心要捣蛋，连跳舞都忘了，他思索着如何能取悦自己。他在村子外围溜达着，经过曼阿博若的小屋时说：“我要在他的眼皮底下整整他，这样我走以后他也会记得我。”可是他很清楚曼阿博若比他的能力大得多，所以他犹豫了，不知道究竟该做什么。

最后他还是缓缓走到门口探听里面的动静，不过他什么声音都没听到。“太好了！”他咧开嘴笑着说，“也许家里没人。”想到这，他单脚在小屋外面旋转起来，身边尘土飞扬。里面没有人出来，可是帐篷横梁上那被俘获的渡鸦王卡加吉，拍动着他巨大的黑色翅膀，用嘶哑刺耳的声音大叫起来。

“傻瓜！”“蚱蜢”则反击道，“吵死人的傻瓜！”

他一跳就跃过了小屋，他就这样来来回回地跳，渡鸦叫得越来越尖厉，可小屋里还是一片寂静。

“蚱蜢”胆子更大了，他又走到了小屋门口，砰砰地拍打着水牛皮门帘，没人回应，于是他很小心地撩开帘子的一角，大着胆子向里面看，然后咯咯地笑了，小屋里面空无一人。

“我的机会来了！”他大叫道，“曼阿博若不在，他的蠢老婆也不在，我要在他们回来前表示一下我的‘敬意’，然后就远走

高飞。”

这么说着，他进了小屋，开始把每件东西都翻了个个儿，他把所有的碗和水壶都扔到了角落里，给酒葫芦灌满灰烬。上好的皮毛和刺绣衣服都被粗暴地扔在地上，地板上还扔满了贝壳串珠和弓箭。当他做完这一切以后，别人会觉得有个疯子来过这里。村子里的女人没有比曼阿博若的妻子更整洁有序的了，“蚱蜢”知道这样会比做其他事更让她生气。

“现在轮到曼阿博若了。”他笑着离开了小屋，对自己所造成的破坏很满意。

“呱，呱！”渡鸦王大叫着。

“呱呱叫的大嘴乌鸦！”“蚱蜢”这样回应嘲笑着他，“你还算个不错的宠物，曼阿博若让你待在那儿是因为你长得好看吗？还是因为你那悦耳的声音？”

凭借高超的技巧，他跃上了横梁，抓住渡鸦的脖子不停扭动，直到把乌鸦折腾得奄奄一息。然后他把乌鸦挂在了那儿，作为对曼阿博若的侮辱。

现在的他幽默感很强，随后他用自己的方式穿越森林，吹着口哨，唱着歌，还翻着跟头来取悦小松鼠们。森林里有一块高高的岩石，可以俯视整个湖面，站在顶上可以远眺到数英里以外。“蚱蜢”爬了上去，在上面他可以清楚地看到村子，他想他可以在

这儿等着看曼阿博若回家，那也是一大乐趣。

他坐在岩石上的时候，很多鸟儿都飞向他，在他的头上盘旋，曼阿博若把这些飞鸟叫作“他的小鸡”，这些飞鸟受他的保护。但是“蚱蜢”已经无法无天了，来了一群小鸟，他拿出了弓，趁小鸟飞行的时候射击他们，并不是因为他需要食物，仅仅因为他们是曼阿博若的鸟儿。鸟儿接连被他的箭射中，从空中掉了下来。“蚱蜢”会把他们的尸体扔下山崖，摔到下面的湖滩上。

最后海鸥凯奥什科侦查到了这一残忍举动，并向大家发出警报：“‘蚱蜢’正在屠杀我们。”他大叫道，“快飞走，兄弟们！飞走，告诉我们的保护者说‘蚱蜢’正在用他的弓箭屠杀我们。”

当曼阿博若听到这个消息以后，他的眼睛好像能喷出火，他用震耳欲聋的声音喊道：

“‘蚱蜢’必须要死！他逃不出我的手掌心，就算他飞到地球的另一端，我也要把他找到，让他尝尝我复仇的滋味。”

他的脚上穿着带有魔力的莫卡辛鞋，一个大步足可迈出一英里那么远；他的手上戴着神奇的手套，一掌就可以击碎最坚硬的岩石。随后他开始了追寻。

“蚱蜢”听到海鸥发出的警报，知道他该离开了，该逃走了。脚上飞奔的时候手也不闲着，他还用弓箭射击着前方的鸟，总能在箭落地之前到达，而且他还有变形之术，想杀死他基本不可能。

比如说，他进入河狸的身体，河狸就死了，“蚱蜢”的“吉比”（即灵魂）一离开死掉的宿主，宿主的肉体很快就会冷掉。他会再一次以人形示人，准备好去经历新的探险。

不过最初他很相信自己的双腿和聪明才智。而急速前进的曼阿博若，呼吸中都散发着仇恨的气息，他敏捷得犹如一个移动的影子般追寻着逃亡中的“蚱蜢”，经过“蚱蜢”逃走路线中的森林和小山，速度比野兔还要快。曼阿博若全力追捕“蚱蜢”，他到“蚱蜢”曾经休息的森林时，青草依然温热弯卷，可是曾在这里休息过的“蚱蜢”早就逃远了。曼阿博若曾经在山上瞥到下面草地上的“蚱蜢”，不过“蚱蜢”是故意让他看到的，这样他就可以嘲笑、蔑视伟大的马尼托。事实上，“蚱蜢”过于自负了。

最终他厌烦了逃亡，他的腿非常疼，他的脚非常酸。他并不喜欢这样的生活，而且他的双眼要留心那些新事物，不久他来到了一条小溪前，这里的水被一个类似水坝的东西吸走了，水流冲向河岸边。算上转弯和曲折，“蚱蜢”那天跑了一千英里。他风尘仆仆，身上很热，而池塘里的睡莲和水流看起来是那么清凉提神。从很远的地方传来了一个微弱的声音，那是曼阿博若在喊着他的作战口号。

“烦人的追兵！”“蚱蜢”这样说道，“我多么希望我是一只河狸啊，就住在这池塘底，无人打扰。”

突然一只河狸冒了头，用怀疑的眼光看着他。

“别惊慌，我把我的弓和箭放在那边的草地上了。”“蚱蜢”这样解释道，“另外，我刚刚是在想我希望成为一只河狸，你觉得如何？”

“我得问问我们的首领，阿米克。”河狸十分友好地回答道。

说完他潜回到池底，很快阿米克的头浮出了水面，跟随他一起浮出水面的还有 20 只河狸。

“让我成为你们中的一员。”“蚱蜢”这样请求道，“你们在干净、清凉的水底有一个美好的家园，而我则厌倦了我以前的生活。”

阿米克对有这样一个强壮、英俊的年轻印第安男子愿意加入他们而感到高兴。

“我可以帮助你。”他回答道，“可在你跳入池塘以后，你觉得你能变成我们的样子吗？”

“这小菜一碟。”“蚱蜢”说道。

他往池塘里走，走到齐腰深的地方，瞧呀！他长出了宽大平整的尾巴。他向塘中越走越深，当他的头没入水中时，他完全变成了河狸。他的身上长出了黑黑的粗毛皮，他的脚也变得像鸭蹼那样。他和其他河狸一起潜到了池底，而上面覆盖着一堆原木和树枝。

“那些，是我们为冬天储存的食物。”阿米克这样解释道，“我

们吃树皮，很快你就会吃得像我们这样胖了。”

“可是我希望能更胖些，”“蚱蜢”说，“是你的十倍那么胖。”

“随你的意。”阿米克同意了，“我们可以帮你变成你所期望的样子。”

河狸们下潜到了他们的房子，从门进去，里面有很多房间，“蚱蜢”选择了这里面最大的一间。

“现在，”“蚱蜢”说，“给我拿来所有我能吃的食物，等我长得足够大的时候，我会成为你们的首领。”

河狸们对此没有异议。他们开始为“蚱蜢”提供大量汁水丰富的树皮。而“蚱蜢”则乐于这种慵懒的生活，除了吃吃睡睡什么也不做。他越长越大，直到长到十个阿米克那么大。他已经很难移动了，就待在他的房间里。他开心极了。

但是有一天，负责观察水上波动情况的河狸游回房子禀报了一条重磅消息：

“猎人正在追捕我们，”他喘着气说，“是曼阿博若和他的猎人们。他们正在拆毁我们的堤坝！”

甚至就在他说话时，池塘里面的水位越来越低，瞬间就到了脚边。猎人们扑到了房顶上，试图破开它。

除了“蚱蜢”，其他河狸都惊慌逃窜到溪流中去了。他们有的藏入深洼，有的跟随水流游到了远处。“蚱蜢”尽力想跟上他们，

可是却做不到。因为出口对于他硕大而肥胖的身躯来说太小了。当他试图出去时，他发现自己被紧紧地卡在门口。

然后屋顶掀开了，他看到了一个印第安人的头。

“泰奥！”他叫道，“图泰奥！过来看看这是什么。这一定是河狸王梅肖米克。”

曼阿博若过来看了一眼，

“这是‘蚱蜢’！”他叫道，“我能看穿他的把戏。这是披着河狸皮的‘蚱蜢’。”

然后他们用棍子猛敲“蚱蜢”，八个高个子印第安人把棍子绑在他那毫无生气的尸体上，作为战利品抬着穿过树林。

可是他仍在河狸躯体里的“吉比”，试图逃跑。印第安人把他带到了他们的小屋，准备在那里举办一场宴会。然后就在他们的妻子们准备给他剥皮时，他的身体已经非常冷了，因为“蚱蜢”的灵魂已经离开了河狸的躯体，飞快地逃跑了。就在一个阴影穿过草原进入森林时，观察入微的曼阿博若看到了一个人形的“蚱蜢”，于是他又开始了追捕。

“蚱蜢”化身河狸的生活让他变得懒惰，他一边跑一边想着比逃跑更加容易的方法。很快他跑到了一群驼鹿前，那是一种长着大大鹿角的鹿。这些鹿吃得很好，看上去体态丰腴，毛色亮泽。

“他们的生活既自由又开心。”“蚱蜢”看到他们时这样想道，

“我为什么要逃跑啊？我可以把自己变成一头驼鹿，加入他们的鹿群。”

他的头上冒出了鹿角，只用了几分钟时间，他就完成了转化。可是他依旧不满意。

“我个子还不够大。”他对鹿群首领说，“我的鹿蹄太小了，我的鹿角应该有你的两倍那么大。有没有什么方法能让它们长大呢？”

“有，”鹿群首领回答道，“可是这样做你很危险。”

他把“蚱蜢”带到了树林里，给他看一种长在低矮小灌木上的亮红色浆果。

“吃这个，”他说，“不吃别的，你的鹿角和鹿蹄很快就会长得比我们的大。可是，如果你聪明的话就不要吃太多。”

浆果很可口，“蚱蜢”觉得怎么吃都吃不够，只要能找到这种浆果，他就贪婪地一直吃。很快他的蹄子就长得很大、很重，以至于他几乎无法跟上鹿群中的其他鹿，而他的鹿角则大得会挡路。

有一天，天气很冷，鹿群躲进树林避寒。很快一些在后面徘徊的驼鹿跑过来用鼻子发出声音报警：猎人们在追他们。

“跑！”鹿群首领对“蚱蜢”叫道，“跟着我们去草原，在那里印第安人抓不到我们。”

“蚱蜢”努力跟着他们，可他沉重的蹄子影响了他的速度，所以他跑得很慢。然后，他钻入了一个灌木丛，他那伸展的鹿角被

一些低矮的树枝紧紧缠住了。而此时已经有几支箭从他身边嗖嗖飞过，有一支箭射中了他的心脏，他倒在了地上。

猎人们赶到时发出了一声惊呼：“泰奥！”他们在看到这样一头硕大的驼鹿后喊道，“草原上留下的巨大足印就是他的，泰奥。”

猎人们给这头鹿剥皮时，曼阿博若也加入了他们。就在那时，“蚱蜢”的“吉比”从死驼鹿的嘴里逃了出去，很快就飞到广阔的平原去了，看起来像一团风刮起来的白烟。就在曼阿博若注视着烟消散的时候，他又看到了“蚱蜢”的形状。然后他又跟着“蚱蜢”，满腔怒火。

就在“蚱蜢”逃跑的时候，他又想出了新主意，他头顶朗朗蓝天中的鸟儿在盘旋鸣叫。“那里有我一席之地。”他说道，“远在天空中，请让我拥有翅膀，让我可以嘲笑曼阿博若。”

在他前面有个湖，上前一看，里面有一群名为黑雁的大雁，正在灌木丛里吃东西。“哈，”“蚱蜢”叹道，羡慕他们到处自在地游弋，“他们很快就会飞向北方，我想加入他们的队列。”

他跟雁群交谈，他们称作“皮什纳库”——他的兄弟，大雁同意接纳“蚱蜢”成为他们的一员。所以他的灵魂浮在大雁背上，直到身上长出羽毛，他变成了一只黑雁，长着宽大的黑喙，一条船舵一样的尾巴让他可以在空中翱翔。

他如同以往一样贪婪，其他大雁都吃饱了，他还吃个不停，

这样他就可以很快长成有史以来最大的黑雁。他的鸟喙看起来像独木舟的船桨一样，他的翅膀展开有两张“奥普科娃”席子那么大。大雁们十分惊讶地盯着他。“你得当头雁。”他们说。

“不，”“蚱蜢”答道，“我倒是愿意飞在后面。”

“如你所愿吧！”他们告诉他，“但你一定得小心。一定要保证伸直你的头和脖子，飞的时候不要向下看，不然可能会出事故。”

看到黑雁们扇动翅膀，伸长脖子，带着“呼呼”声从湖面起飞，乘着风，冲向前方，那景象实在很美。他们乘着微风从南方飞来，越飞越快，快到像离弦的箭。

有一天，雁群飞过一个小村庄，他们听到人们在惊呼，印第安人看到这么大的黑雁飞在雁阵尾部十分吃惊，他们使劲喊着，他们的叫声让“蚱蜢”很好奇。有一个声音听起来特别熟悉，他忍不住低下头向地上看。因为这个举动，他的尾巴被卷进了狂风里，他的身子开始打转，他试图保持平衡却徒劳无功，风推着他打转，就像树叶一样。他离地面越来越近，地上印第安人的喊声也在他的耳中越来越大。最后他“砰”的一声摔了下来，躺在地上，毫无生气。

一只大雁突然从天而降可是一场盛宴。饥饿的印第安人扑向了他，开始拔他的毛。这就是“蚱蜢”以前住过的那个村子，他从来没有想过他会回来，并被用来准备一顿美餐，而他自己就是

其中那道最好的菜肴。

但是他的灵魂“吉比”又一次跳了出来，以人形逃跑。而曼阿博若再一次喊着战号追在后面。

“蚱蜢”现在来到一个荒凉的地方，那里没有什么树，也没有什么动物，曼阿博若就要抓住他了，他得想点新把戏了，最后他来到生长在岩石上的一棵高高的松树前。他拔掉了所有松针，并把这些松针扔了出去，使得树枝光秃秃的。然后他拔腿走了，当曼阿博若赶到时，松树对他说：

“看看‘蚱蜢’做了什么，没有树叶我会死的，伟大的马尼托，我请求你把我的绿衣服还给我。”

曼阿博若爱护所有的树木，对松树的遭遇感到抱歉。他捡起散落的松针，把它们装回到树枝上，然后他急忙去追“蚱蜢”，快速追上“蚱蜢”，并用手去抓他。可是“蚱蜢”迅速闪到一边去了，然后他施展了他的旋风舞，一条腿在地上转啊转，弄得空气中满是落叶和沙尘。在烟雾的掩护下，他跳进了一棵空心的树，化身为一条蛇，顺着根爬走了，时间刚刚好。曼阿博若用戴着神奇手套的手猛击树，树被击成了粉末。

“蚱蜢”变回了人形，逃命去了。他唯一要做的事儿就是躲藏。但是藏到哪儿呢？在他前行的路上他又到了大湖边，他看到了面前皮克彻罗克斯（美景岩）的高崖。如果他能设法爬到岩石

上，住在山上昏暗洞穴里的马尼托可能会让他进去。果然！他爬上了山崖去求助，马尼托开了门，让他进去。

大门刚要“砰”的一声关上，曼阿博若就追来了。戴着手套的他用手拍击岩石，弄得碎石乱飞。

“开门！”他用一种可怕的声音喊道。

可是马尼托勇敢而好客。

“我来保护你。”他对“蚱蜢”说，“我宁死也不会把你交出去的。”

曼阿博若等在外面，却没有回应。

“好吧，如你所愿。”最后他说，“如果晚上你还不给我开门，我就会召唤来雷电按我的命令行事。”

时间一分一秒过去，天色渐晚。大湖上方聚起了一团黑云。红眼闪电韦沃斯伊莫发射着他带火的闪电，雷神安尼米基在天上怒吼，砰——轰隆——砰！一阵狂风大作，森林里的树木摇曳呼啸，狐狸们藏进了洞里。

闪电韦沃斯伊莫从黑云中跃出，向着山崖打闪，岩石颤动了。山洞门裂成碎片，落了下来。山上的马尼托从昏暗的山洞里出来了，请求曼阿博若手下留情，曼阿博若准许了，马尼托逃到了山里。

随后“蚱蜢”也出现了，可是他马上就被雷神安尼米基摇落下来的大量碎石埋住了。这次他以人形被杀死了，再也不能搞疯

狂的恶作剧了。

可是仁慈的曼阿博若想起“蚱蜢”并不是大恶之徒。

“你的‘吉比’,”他说,“不能再以任何形式存留于尘世。做人时你虚度光阴，十分愚蠢，你在这里不受欢迎。不过，我允许你生活在天空中。”

说完这些，他拿着“蚱蜢”的魂魄，给他穿上战鹰的形体，让他做所有飞禽的首领。

可是人们没有忘记“蚱蜢”的恶作剧。每到深冬时节，细腻的粉末状的雪，弥漫在空气中，如水蒸气一般。这让猎人无法狩猎，渔夫不能捕鱼。突然，一阵风抓住了这明亮的粉末般的雪，

四散飞扬，开始旋转。这时候，印第安人会笑笑说：

“看！这就是‘蚱蜢’。瞧他跳得多好啊。”

---

[1] 莫卡辛鞋（moccasins）：北美印第安人穿的无后跟软皮平底鞋。

巫师米什奥沙

在绿色大森林的腹地曾住着一个猎人，他的家与其他族人的居住地相距甚远。因为妻子早逝，所以只有他和两个年幼的儿子相依为命。尽管孩子们失去了母亲，作为父亲的猎人还是尽全力把他们照顾得很好。

当猎人外出打猎时，两个孩子的玩伴只有森林中的鸟儿与野兽，他们和一些小动物成了好朋友。松鼠阿德吉道莫在树间跳来跳去，让松果壳掉落在屋顶上，这是他早上来拜访两兄弟时的敲门方式。他很健谈，虽然没什么可说的，却经常和那些嘴里不闲着的家伙一样。尽管如此，他很活泼、很快乐，兴高采烈喋喋不

休地说着没什么特别的事情，你听不听都没差别。

白色小野兔瓦博塞也是两兄弟的朋友。有一年冬天，森林里食物匮乏。就在猞猁奥尼奥塔正准备扑向瓦博塞的时候，猎人的箭射向了他，奥尼奥塔便对白色小野兔失去了兴趣。

小白兔瓦博塞对此很感激，虽然他很害羞，可有时还是试图表达他的谢意。

猎人和他儿子的食物主要来自大型动物，比如熊肉和鹿肉。他们把肉切成肉条，再进行加工。当食物紧缺的时候，或是树林非常干燥需要雨水的季节，干树枝会被猎人踩得吱吱作响，这样无异于提醒动物们猎人来了，这时很长一段时间便要依靠储备肉条充饥了。所以当父亲不在的时候，两个男孩已经习惯了独自被留在家里几周之久。

随后饥荒季节来临了，灌木丛中没有浆果了，草枯萎了，橡树上的橡子没有了，有些小溪也干涸了。这时猎人已经外出打猎很久了。

好几个月过去了，哥哥西格文看了看所剩不多的肉，对弟弟约斯科达说：

“咱们带上剩下的肉到森林里闯一闯吧，向着北走。我记得爸爸说在遥远的需要走很多个月亮的地方，有个大湖叫吉切古米，湖里有鱼。”

“可是我们找得到吗？”约斯科达怀疑地问道。

“不要害怕！”头顶上传来一个声音。

那是松鼠阿德吉道莫，他虽然因为缺少干果而身材消瘦，却依然活泼异常。

“我跟你们一起去。”他继续说道，“白色野兔瓦博塞也去。他可以在前面蹦蹦跳跳地寻找出路，而我可以在树间跳来跳去地瞭望。我们之间的合作会很顺利的。”

后来证明这是个好主意。瓦博塞在前面领路，当小径被杂草掩盖时，小兔子瓦博塞会用他的鼻子在地上寻找方向，从没出过错；当道路很明显时，他会跑在前头，然后停下，蹲坐在路边等着他们。他竖起长耳朵，侦听着那些哪怕是最微小的危险。

可是没有需要警告他们的险情。猞猁、野猫和狼在饥荒开始前就逃走了，寂静的森林中没有一丝野蛮巨兽的踪影。他们走啊走，好像永远也走不出树林似的。有一天，阿德吉道莫爬到一棵高高的松树上，站在最高的树枝上看到了森林外面。太阳正晒得

耀眼，然后他眺望北方，那里似乎有什么东西闪着银色的光芒，与天空交相辉映。那便是大湖，吉切古米。

他们来到了一个干果充裕、植物丰沛的地方，这里能让白色野兔胖起来，于是瓦博塞和松鼠向男孩们告别，这时兄弟俩已经能很轻松地找到他们的出路了。很快他们来到了树林边缘，此时两人听到了尖厉的叫声。那是风头麦鸡特威特威什克韦沿着湖岸飞行，随后一片银光闪闪的湖水映入他们的眼帘。

西格文用他锋利的猎刀从一棵白蜡树上砍下一条枝叶做成了弓，用一根橡树枝削成了几支箭，还在箭头上加上了打火石，他还用一片从海鸥翅膀上落下的羽毛装饰了箭柄，又从他身上穿的鹿皮上衣上撕下一条做成了弓弦。然后把弓和箭都交给他弟弟约斯科达，让他练习。而他自己采了一些野玫瑰的种子荚果用来充饥。

约斯科达因为瞄得不太准，把箭射进了湖里。西格文便蹚着水，前去寻找。他走到齐腰深的湖水里，伸出手去摸索箭，突然间，就好像有魔法似的，一条独木舟像一只鸟儿一样掠过。独木舟中有一个相貌丑陋的老人，他伸出手，抓住了惊愕中的男孩，把他拉到了船上。

“如果我必须跟你走，那就把我弟弟也带上！”西格文乞求道，“如果把他一个人丢下，他会挨饿的。”

可是巫师米什奥沙只是笑了笑，用手敲了敲独木舟的一侧，

然后说了一些咒语——“切蒙波尔”。独木舟就像被赋予了生命一样驶离湖岸，很快湖岸就消失在了他们的视线里。他们来到了一片沙滩上，独木舟停靠好后，米什奥沙从独木舟中跳出来，并示意他跟上。

他们上了一个小岛。他们眼前有一片雪松林，那里有两个帐篷，或者说是两个小屋，从较小的那个帐篷里走出来两个可爱的年轻女孩，站在那里看着他们。

对于西格文来说，他从没见过女孩，这两位年轻姑娘看起来就像天上的仙女一样。他惊奇地盯着她们，又有些希望她们能消失。而姑娘们看着他却并没有微笑，她们深邃的眼眸中只露出了同情和哀伤。

“我的女儿们！”那个老人对西格文说，咯咯笑着，露出一口长长的黄牙。然后他看着姑娘们：

“你们看到我平安归来不高兴吗？”他问道，“你们怎么没有因为见到我身边这位年轻英俊的朋友而感到欢喜呢？”

她们礼貌地点了点头，可是什么也没说。

“你们已经很久没有对这样一位访客青睐有加了。”他继续说着，对一位年长些的女孩耳语道，“对你来说，他会成为一个很好的丈夫的。”

女孩低声嘟哝着什么，米什奥沙邪邪地看了看她。

“走着瞧，我们走着瞧！”他自言自语道，笑得像个喜鹊，一边还搓着他那细长且皮包骨头的手。

西格文满心困惑，不知道该做什么，只得睁着眼睛。幸好米什奥沙并不在意。他走在前面，进了他的小屋，把大家留在了外面。随后大一点的女孩靠近西格文，快速地对他说：

“我们不是他的女儿。”她说道，“是他把我们带到这儿来的，就像他带你来一样。他痛恨人类，每个月亮他都抓来一个年轻男人，装作是带来给我做丈夫的。但是很快他就用独木舟把他带走，以后这个年轻人再也没有出现过。我们确定米什奥沙把他们都除掉了。”

“那我该怎么办？”西格文问道，“比起我自己，我更在乎我的弟弟。他被留在了一个荒芜的湖岸边，也许已经饿死了。”

“啊！”女孩说，“你真是个无私的好人。无论发生什么，我们都必须帮助你。大猫头鹰科科科霍整晚都在大雪松树的秃枝上瞭望。等米什奥沙睡着了以后，把你自己从头到脚包进他的毯子里，然后轻悄悄来到我们小屋门口，小声叫我的名字伊尼莫沙，我就会出来告诉你该怎么做。”

“伊尼莫沙，”年轻人喃喃道，“多么美的名字啊！”他还没来得及感谢她，两位姑娘就走了。

然后米什奥沙出现了，示意西格文跟上他，老人似乎很幽默，

讲了很多故事来打发时间，可是西格文并没有被他虚假的善意所蒙骗。当听到巫师睡着的声音后，西格文就起来了，用米什奥沙的毯子把自己裹了起来，小心翼翼地走到伊尼莫沙住的小屋门口。

“伊尼莫沙！”他轻声叫道，心跳加速——伊尼莫沙在印第安语里的意思是“我的甜心”。

“西格文！”她应道。西格文的意思是“春天”，这个名字从她唇中吐出，就如同音乐一般。

她掀开小屋门帘的一边，出来了。

“给你，”她说，“这些食物应该够你弟弟吃几天了。你坐到米什奥沙的独木舟里去，说出咒语，然后独木舟会带你去你想去的地方，你可以在破晓以前赶回来。”

“那猫头鹰怎么办？”西格文问道，“他不会喊吗？”

“你像米什奥沙那样弓着背走路。”她解释道，“科科科霍看到你的时候，他会喊：‘呜——呜！’你也回答：‘呜——呜，喔！米什奥沙。’然后他就会让你过去。”

西格文照她说的做了，很快他就坐着独木舟掠过了湖面。上了岸，他像松鼠那样叫，这个友好的信号让他弟弟很快就跑出来抱住了哥哥。西格文给弟弟建了个栖身之所，告诉弟弟他会再回来。然后他返回独木舟，很快回到了巫师的小屋里并进入了梦乡。

米什奥沙很信任他的猫头鹰，所以没产生任何怀疑。他怎么能想到当相爱之人齐心合力时会怎么样？

“我的孩子，你睡得很好。”他说，“现在我们要进行一次美好的旅行。我们要去一个小岛，那里有成百上千只海鸥把蛋产在沙滩上，我们要把所有的海鸥蛋都带回来。”

想起伊尼莫沙说过的话，西格文颤抖了。可是伊尼莫沙吻了吻自己的手，用这只手向他挥手告别，这又鼓舞了他。

独木舟加速前进，西格文确保自己的猎刀时刻都能轻易出鞘，而他的眼睛一刻也没有离开过米什奥沙。

当他们到达小岛时，一大片海鸥飞起，鸣叫着从他们头顶飞过。

“你去捡蛋，”巫师说，“我负责在独木舟上瞭望。”

西格文赶快上了岸，很高兴能离开这个老人身边。然后巫师

向海鸥们喊道：

“嗬，我长羽毛的朋友们！你们同意我做你们主人时，我答应给你们带来人类，就是他。飞下来，我漂亮的小鸟儿！飞下来，吞没他！”

说罢他敲了敲独木舟的一侧，把年轻人丢弃给那些鸟，任由他们摆布。

随着叫喊声，海鸥群俯冲向西格文，而他从没听过这么大的喧嚷声，成千上万的翅膀在空中拍动，就好像搅动起了一场风暴。云中的鸥群盘旋俯冲向他。可是西格文毫无畏惧。他喊着“索索坎”（战斗口号的一种）或者战号应对，抓住了第一只袭击他的海鸥。然后他抓着这只鸟的脖子，用左手把他举过头顶，右手拔出刀，刀在阳光下闪着寒光。

“停下！”他喊道，“都给我停下，你们这群傻瓜！小心遭到大神的惩罚。”

鸥群停止了进攻，但还是围着他，伸着尖利的鸟喙。

“听我说，噢，海鸥们！”他继续说道，“大神给你们生命，你们可以服侍人类。如果你们杀了我，你们就杀了一个可以统治所有野兽和鸟类的人类，我告诉你们，小心点！”

“可是米什奥沙是无所不能的。”鸥群喊道，“他已经命令我们杀了你。”

“米什奥沙不是马尼托。”西格文回应，“他只是个邪恶的巫师，把你们当作他的爪牙。用你们的翅膀载我去他住的岛，这个巫师必须被消灭。”

然后鸥群被说服了，相信是米什奥沙骗了他们。他们聚集到一起，觉得年轻人是可以依靠的。鸥群乘风起航，带着西格文掠过水面，在米什奥沙到达前把西格文轻轻地放在了小屋前。

当伊尼莫沙看到真的是西格文时，非常欣喜。“我没有看错你。”她告诉他，“很显然大神在保护你。可是米什奥沙一定会再下杀手，所以你要小心。”

随即巫师乘着他的魔法独木舟也到了。当他看到西格文时，他试图惊喜地笑笑。可是从没有练习过心存善念的他，咧嘴笑起来就像个滴水兽，这可能是除了鬣狗以外最难看的笑容了。

“干得好，我的孩子！”他勉强说，“你一定不要误会，我这样做只是要试试你的勇气。现在伊尼莫沙肯定爱上你了。啊！我的孩子们，你们会成为幸福的一对的！”

伊尼莫沙把脸转了过去以掩饰她的厌恶，但是西格文却装出一副相信这个恶毒的老人是最真诚的样子。

“可是，”巫师继续说道，“因为我给你开了这么一个玩笑，我应该给你点什么。我看你身上没有饰品，跟我来吧！去闪贝岛，很快你就会着以盛装，成为一个英俊的战士的。”

他们去的岛屿确实是个很棒的地方，岛上覆盖着彩色贝壳，在阳光下闪耀着珠宝一样的光泽。

“看！”米什奥沙在他们沿着岸边行走时说，“那边有条小路，你看下面闪的光。”

西格文蹚着水走进湖里。当水没到他的大腿时，巫师跳上了独木舟，远远地划到了湖里。

“来吧，鱼王！”他喊道，“你一直把我服侍得不错，这是你的奖励。”

然后，他敲了敲独木舟，很快就消失了。

紧接着，出现了一条巨大的鱼，他张着嘴，身子伸出水面几英尺。可是西格文只是笑了笑，一边抽出他的长刀一边说：

“你知道吗？怪物，我是西格文，是以那个呼吸能融解冰川、为山峦穿上绿衣的春天命名的。那个胆小鬼米什奥沙担心惹恼大神，企图让你替他做他自己不敢做的事情。只要我洒下一滴血，就可以染红整个湖水，你的族群就将不幸灭亡。”

“米什奥沙骗了我。”鱼王说，“他答应给我送来一个肉质细嫩的姑娘，可是他送来的是长着一双战士眼睛的年轻人你。我的主人，我应该怎么帮助你？”

“无耻之徒！”西格文喊道，“真高兴他没有遵守他那可怕的诺言。你理应死在我手上，可是我给你一个忏悔的机会，把我驮在

你背上，带我去米什奥沙所在的岛屿，我就饶你一命。”

鱼王立即让西格文骑上他宽阔的背，飞速地在水中游动，在米什奥沙回到小岛后不久也到达了那里。当西格文出现时，巫师米什奥沙正在向伊尼莫沙解释年轻人是如何从独木舟掉入大鱼嘴中的。可此时西格文就如往日远足归来一般在散步，就算如此，米什奥沙还是试图为自己开脱。

“我的女儿，”他说，“我只是想看看你到底有多么在乎他。”

可是巫师心里却对自己说，下次一定不会失手，而下次就定在了第二天。

“我的猫头鹰老了，活不了多久了。”他这样说道，“我应该去抓一只年轻的鹰，然后驯服他。你愿意帮我吗？”

西格文同意了，他和巫师乘着魔法独木舟来到一处延伸到湖里的石岬处。在一株高高的松树的枝杈上，有一个鹰巢，那里面有还不会飞的幼鹰。

“动作要快！”米什奥沙这样命令道，“在老鹰回来前爬上那棵树。”

每次西格文快要够到鹰巢时，巫师就命令松树长高一点。松树越来越高，最后高到在风中摇摆，西格文感到需要用尽他所有的勇气才能爬下去。与此同时，巫师发出了古怪的喊声，鹰爸爸和鹰妈妈听到声音后，马上从云端冲回来保护他们的幼子了。

“嚯，嚯！”米什奥沙大笑，“这次我不会出错了。你不是掉下来摔断脖子，就是被老鹰们抓瞎双眼。”

他敲了敲独木舟，消失在了迷雾中。

此时两只老鹰在西格文周围盘旋，而西格文则在树枝上休息，他对老鹰们说：

“我的兄弟，瞧我头上的鹰羽！（印第安人把羽毛佩在头上彰显勇气。）这证明了我对你们勇气和技艺的钦佩，把我当作你们的主人，因为我是人类，而你们只是鸟类。服从我，然后带我去米什奥沙所在的岛屿。”

这份夸奖让尊敬年轻人沉着勇敢的老鹰们很高兴。骑上雄鹰宽大的背，西格文乘着风平安抵达了中了魔的小岛。

米什奥沙看到鸟类和野兽都伤害不了这个英俊的年轻人，好似有强大的马尼托在保护他，心想一定有其他办法可以除掉他。

“再考验你一次，”他对西格文说，“然后你就可以娶伊尼莫沙为妻。可是首先你得证明自己是个合格的猎人，来！”

他们在森林里搭了一个小屋，米什奥沙用他的法力制造了一场暴风雪。凛冽的北风吹到身上就像冰做的弓箭打在身上似的。那天晚上睡前，西格文把他的莫卡辛鞋和长袜放在火边烤干，而米什奥沙在破晓时先起床，把西格文的一只长袜和一只鞋都丢进了火里。然后米什奥沙就搓着他的手，像只草原狼一样笑了。

“发生了什么？”西格文问道，说着从床上坐了起来。

“唉，我的孩子！”米什奥沙说，“我刚才来得太晚了。现在这个季节，火焰会袭击所有的东西，它已经把你的一只鞋子和一只长袜拖了进去，把它们烧毁了。哎哟，哎哟！我应该提醒你的。”

西格文抑制住了自己的言语，尽管事情很明显——米什奥沙希望冻死他。可是西格文默默地向他的马尼托祈求帮助。他从火堆里拿出一根烧焦的棍子，用它把自己的一条腿和脚涂成黑色，嘴里还低声念着咒语。然后他穿上自己仅存的鞋子和长袜，已经准备好去打猎了。

他们穿越冰雪，进入荆棘丛，蹚过半冻着的沼泽，沼泽的泥水没到了西格文的膝盖。不过马尼托听到了他的祈祷，咒语应验了，西格文穿着干燥的钉鞋前行，他的第一支箭就射死了一头熊。

“现在，”他瞪大眼睛看着巫师说，“我看你冻坏了，咱们回去吧。”

看到西格文眼中毫无惧色，米什奥沙点点头，嘴里还嘟囔着一些傻傻的回应。最终他还是遇上了对手，他知道会有这么一天的。

“把熊扛在你的肩膀上！”西格文命令道。

巫师又一次顺从了，他们两个第一次一起返回小岛，而等在家里的两个姑娘吃惊地看到傲慢的米什奥沙扛着熊，在巨大的负

重下蹒跚走着，怒不可遏。

“他的法力破了。”当西格文告诉伊尼莫沙时，她的看法与他一致：“可是我们在彻底摆脱他以前都没法睡个安稳觉啊，我们应该怎么办才好？”

他们在商量这件事的时候，两个人的头凑在了一起，伊尼莫沙愉快地笑了。

“他应该受到严厉的惩罚。”她说，“只要他活着，这个世上就不安全。我们应该谋划谋划，如何在不流一滴血的情况下完成复仇。”

第二天西格文对巫师说：

“现在我们该去救我那独自被留在岸边的弟弟了，跟我走。”

米什奥沙做出一个苦笑的表情，可是他还是准备跟西格文一起去。到达了湖岸边后，他们很快就看到了小男孩，他高兴地爬进了独木舟。然后西格文对老巫师说：

“那边的红柳应该能做成不错的烟叶，你能爬上去帮我采一些吗？”

“没问题，我的孩子，当然可以。”米什奥沙这样应道，快速走向那些柳树，“我没有你想的那么孱弱无用。”

而西格文则用手敲敲独木舟，口念咒语——“切蒙波尔”。独木舟载着两兄弟离去，只剩下孤立无援的巫师，咬牙切齿。

姑娘们在岸边迎接两位年轻人，伊尼莫沙很高兴老巫师被扔在了那里，而她的妹妹则被刚刚来的年轻人吸引住了——约斯科达和他哥哥一样英俊。

“可是米什奥沙能把独木舟召唤到他身边。”伊尼莫沙说，“在我们找到办法破除咒语以前，得找人看着独木舟，把手放在独木舟上面。”

约斯科达主动请缨，他们便让他负责这件事，夜晚来临，约斯科达坐在沙滩上，紧紧抓着独木舟。

对于一个经历了漫长等待，身体十分疲惫的小男孩来说，这项任务十分无聊。为了消遣，他开始数星星。一开始他数的是大熊星座和小熊星座，然后是一个高背椅一样的星座，以及猎户座猎人腰带上最亮的那三颗星星。他还不知道它们的名字，因为很久以后人们才给那些星星取了名字。可是他认识那个叫欧吉格安农的星团（就是渔貂星座），欧吉格就是那个因为儿子感到寒冷而从天上把夏天带回来的猎人。

坐在潮湿的沙滩上，约斯科达也觉得很冷，可是这个印第安

男孩没有抱怨。看着渔貂星座，他想起自己亲爱的父亲，不知道他此时身在何处。约斯科达如果是白人男孩，而不是印第安人的话，一定会坐在沙滩上流更多眼泪。就这样，他发现自己正透过一层雾来看天空。那是什么？他揉了揉眼睛，忘了数到多少了，所以他重新开始数星星。

可糟糕的是印第安人只会扳手指计数——除非你算上他们的脚趾。约斯科达的脚趾紧紧包裹在莫卡辛鞋里，看不到，也没法用来计数。他数了多少根手指了？多少颗星星来着？

他眼睛看到的都是雾，或是别的什么东西。一圈又一圈，独木舟轻轻摇摆，就像个摇篮一样，发出“嗖嗖”的声音，仿若风在雪松树间叹息。地面上其他的一切都在点头，却依旧寂静，就连星星都在眨眼闪烁，好像已经厌倦了注视着这个世界。

然后约斯科达睡着了。

“呜——呜！”猫头鹰科科科霍的叫声尖锐刺耳。有那么一刻，影子都升了起来，还有一只松鼠叫着，东风瓦布恩从水边升起，掀起层层水波。天亮了。

约斯科达起来了，半睡半醒的他看着湖面，他是不是还在那个荒芜的湖岸等他的哥哥？然后他想起来了，开始感到内疚。独木舟不见了！

不见了，可是又回来了！独木舟出现了，径直向着他滑过来，

里面坐着米什奥沙。

“早上好，孩子！”巫师这样叫道，独木舟发出摩擦沙子的声音，“难道你看到你爷爷不高兴吗？”

约斯科达攥起他的小拳头，他很勇敢，也很生气。

“你不是我的爷爷。”约斯科达说，“我见到你也不高兴。”

“埃萨，埃萨！（羞，羞！）”老人咯咯笑道，“可是西格文见到我会很高兴，还有我亲爱的女儿们，我希望他们没有为我担忧。”

他对于靠聪明才智赢得这一轮较量很是满意，而他现在就像以前一样鲁莽。可是西格文耐心等待，已经想出了另一个计划。

“爷爷，”他说，“看起来我们得继续生活在一起了。让我们一起准备过冬的肉吧，跟我一起去陆地，我相信你一定是个好猎人。”

米什奥沙最大的弱点就是自负。

“嗯，好嘞！”他自大地回答道，“我可以背着一头死鹿跑上一天，我以前就背过。”

“很好！”西格文说道，“风向又转北了，我们应该努力前进。”

现在西格文发现了巫师最大的秘密，那就是米什奥沙只有左腿和左脚会受伤。箭穿不透他的心脏，如果打他的头，那么棍子会碎成碎片，就像稻草打在头上似的。可是至于他的左腿和左脚嘛，噢！他的绑腿袜系得那么严实，并不是因为他有风湿病。并

且为什么他总是把左脚坐在身下？哈！到底为什么？现在西格文找到了答案。

他们在森林里搭了一间简易小屋，就像他们之前搭的那个。天气开始变得干冷，只是这次的风暴是西格文弄出来的。他忍不住地笑，小屋里燃着火，米什奥沙躺在长塌上，好像睡着了。

西格文轻轻起来，把巫师的莫卡辛鞋和绑腿袜都扔到了火里。

“爷爷，快起来！”他叫道，“现在是个火焰会袭击所有东西的季节，我担心你会失去你需要的东西。”

米什奥沙看到发生的一切之后非常恐惧，西格文心里都有点过意不去。但是想到伊尼莫沙和他的弟弟，他就什么都不想了。“我们必须出发了。”他说。

然后他们开始穿越风雪。“我的天，太冷了！”米什奥沙开始跑，他觉得这样会有用。西格文跟着他，担心如果他跑在前面，巫师会从后面射他一箭。跑了一个小时后，巫师已经上气不接下气，而他的腿和脚开始麻木僵硬。

他们跑到了森林边缘，抵达了湖边，米什奥沙在这儿停住了。他想再走一步时，却抬不起脚了。怎么会这么沉重？他又试了一次，可是发生了奇怪的事情：他的脚趾陷入了沙滩，变成了根茎；他头发上的羽毛和头发渐渐变成了叶子；他张开的双臂变成了树枝，在风中摇摆；他的身体上长出树皮。

西格文惊诧地看着眼前的一切：米什奥沙失去了人形，他变成了一棵树，一棵挂着芽球的悬铃木，弯弯曲曲地倚在湖边。

最后邪恶的老巫师还是遇到了他的克星。他再也不能对年轻人和其他无辜者施恶了。为了确保米什奥沙不会再复活，西格文逗留了一小会儿。然后他找到路穿过湖面，其他人正在那里焦急地等待他。他把这个好消息告诉给了他们：

“米什奥沙不存在了。”西格文这样说道，“他再也不能伤害我们了，我们离开这个让我们受苦的地方，到陆地上去安家吧。”

于是，他们一起前行，他的爱人伊尼莫沙，伊尼莫沙的妹妹，还有他弟弟约斯科达，向着西格文指示的道路。他们跟着西格文来到大森林，回到他们曾经居住的小屋，之后大家永远幸福地生活在了一起。

精灵新娘

从前有个可爱的年轻女孩名叫尼恩艾祖，她是一位印第安酋长的独女，她和家人住在苏必利尔湖岸边。尼恩艾祖在印第安语中的意思是“我珍爱的生命”，显然她的父母十分疼爱她，尽所能做每件事情让她开心，使她免受任何可能的伤害。

可只有一件事情令他们心烦。村子里其他年轻女孩都非常喜欢尼恩艾祖，尼恩艾祖也跟她们一起玩耍。但尼恩艾祖最喜欢做的事是独自一人在森林里漫步，或是沿着幽暗的小径走到小山岗上去。有时她会消失好几个小时，当她回来的时候，别人可以从她的眼中看出她在一些隐秘的地方逗留过，并看到了一些神秘怪

异的东西。现在有人把尼恩艾祖称为“幻想家”。而那些无法看到超现实事物的人会对此加以嘲笑，自以为是地把她说成“空想家”。

尼恩艾祖独自在那些山中的神秘地方漫步时看到了什么？听到了什么？也许是小精灵？她没说过，但是她母亲希望她像其他女孩那样，成家安顿下来，因而对此烦心不已。

据说尼恩艾祖常常去的沙丘里面住着恶作剧小精灵普克武德奇斯。这些沙丘是“蚱蜢”在曼阿博若的婚礼上疯狂跳舞造成的。他的舞步卷起了很多沙子，这些沙子形成了巨大的土堆和沙丘，可能就是今天看到的这个样子。普克武德奇斯非常喜欢这些鲜有印第安人造访的小山岗，这里非常适合跳山羊和跳手拉手圆圈舞。据说夏天暮色降临时，他们会成群结伙聚在一起，上演各种恶作剧。夜晚来临时，他们就会迅速藏进名叫马尼托伊瓦克（又名“精灵之木”）的松树林中。

除了渔民以外，没有人接近过他们。渔民在湖中独木舟上划桨时，从远处瞥见了他们的身影，听到了这些快乐的小家伙相互嘲笑的细微声音。当渔民试图追上他们时，普克武德奇斯就会消失在树林里。可是在山中小湖旁潮湿的沙滩中，你能看到他们那些比孩子还小的足迹。

除此以外，如果还要向那些怀疑小精灵们存在的人证明的话，

作为小精灵恶作剧的受害者，渔民和猎人很快提供了证据。普克武德奇斯从未真正伤害过任何人，但是他们能搞出各种各样的把戏。有的时候，猎人早上拿起帽子，发现上面的羽毛被拔掉了；有的时候，渔民丢了一只桨，最后是在树上找到的。这些事情很明显是普克武德奇斯的胡闹，尽管如此，还是有少数人愚蠢地认为这可能是别的东西造成的。

关于这些小精灵，尼恩艾祖有她自己的想法，她跟晨曦一样，曾常听老亚古讲那些传说。这其中一个故事讲的是快乐之地，一个遥远的地方，在那里一直都是夏天，没有人哭泣，也不会遭受痛苦。

想到这片土地，她不禁叹了叹气。白天在山中寻找这个神秘的地方时，尼恩艾祖满脑子想的都是这个。她坐在一个孤寂的地方，听到微风中传来一些神秘的低声细语。这里是快乐之地——那个无忧无虑的地方吗？

夜里，她精疲力竭地回到家，恨不得把自己陷进床里，此时睡神温斯的小信使会从藏身之处悄悄跑出来。这些友好的小精灵太小了，以至于人类的肉眼无法看到，他们快速地在尼恩艾祖疲倦的脸上爬动，用他们小小的棍棒“普布加莫贡斯”轻轻敲打她的额头。敲！敲！敲！——敲到她合上眼皮为止，尼恩艾祖在梦中其他美好的地方继续寻找快乐之地。

她也看到了在小湖边沙滩上普克武德奇斯的那些脚印，听到了他们在松林里欢快的笑声。这是他们唯一的栖息地吗？她这样问自己，难道他们不是来自快乐之地的信使吗？向相信这地方存在并渴望进入那里的世人指路。

尼恩艾祖开始相信一定是这样了。这个想法比以往更加强烈，她自己走到精灵树林边上的草地，然后坐在那里看着松树林。也许普克武德奇斯会理解她，然后把这些告诉他们所服侍的精灵们。也许有一天小精灵会在松树林边现身，前来召唤她。一定会这样的，她这样想着，如果她期待得足够长久，她的愿望一定会长出翅膀。所以她坐在那里，配合上南风搅动松枝时发出的响动，创作着一首歌的歌词。然后她唱了起来：

欢笑树叶的神灵，
森林松树的精灵，
请倾听苦寻你快乐之地的女孩心声。
快来吧！从夏日常去的沼泽
来到你忧伤的女孩身旁。

这难道只是她的幻想？她好像听到了从树林深处小精灵消失之地传回来的她歌声的回响，还是普克武德奇斯在嘲笑她？

她比平时逗留得久了一点，现在该走了。此时一轮新月低低地挂在西方的天空中，月弯处指向天空。印第安人会说这样可以把火药筒挂在月钩上面，这也意味着天气干燥。听到猎人踩碎落叶的声音，动物们早在他出现之前就逃跑了，所以他来不及靠近它们开枪射击。尼恩艾祖对此很高兴。她称在快乐之地，没有痛苦，也没有杀戮。

可是尼恩艾祖的妈妈希望她嫁给一个猎人，这个人一直都在森林里屠杀马鹿，除此以外，他几乎什么都不想，也什么都不谈。

当尼恩艾祖从草地上起身时，她想到了这些，她望向松林告别。新月的光辉给松林抹上了一层朦胧的光彩，然后她又开始幻想了。那些看起来在神秘的树林边缘移动的东西是什么？有的时候是与一个人类青年相似的神秘生物——比普克武德奇斯高一点，行走方式更像是滑动而不是走动，他们的浅绿色衣服在松林的深绿色映衬下更加显眼。尼恩艾祖又看了看，可是月亮藏到了山后。眼前一片漆黑，耳中听到的只有夜莺的哀号，她赶快回家了。

那天晚上，她从她母亲那里听到了她早有预料却害怕的事情。“尼恩艾祖，”她妈妈说，“我给你取名为‘我珍爱的生命’，你对我来说就如生命一般重要。所以我希望你平安快乐，希望你嫁一个能无微不至照顾你的好男人，等我不在的时候会保护你、爱护你。你明白我的意思。”

“是的，妈妈。”尼恩艾祖答道，“我对他了解得足够了，我也就想知道这么多。他捕鹿，杀鹿，剥鹿皮。这就是他所做的，他所想的，他所谈的一切。也许有人应该打猎，使我们不会因为没有肉吃而挨饿。可是世界上还有很多其他事情，但只有杀戮能让这个猎人满足。”

“可怜的孩子！”她妈妈说，“你还年轻，不知道什么对你来说是最好的。”

“亲爱的妈妈，我已经长大了。”尼恩艾祖这样回答道，“我知道我自己的心意。还有，那个你希望我嫁的猎人像棵小橡树那么高，而我还没普克武德奇斯高。当我站得笔直的时候，我的头只到他腰上一点点，我们还真是登对！”

她说得一点没错。尼恩艾祖长得比孩子高大不了多少，她的身体秀美柔软，手脚纤巧。她的眼睛犹如午夜一般黑亮，嘴巴宛若草地上的花朵那样艳丽。如果你第一次看到她穿越群山，那小小的身影在天空映衬下，一定会觉得她就像个小精灵。

因她那温柔、安静的样子，她对僻静之地的喜爱，尼恩艾祖常常很愉快。但是现在她笑得很少了，她的脚步也变得缓慢了，她走路的时候一直看着地。“等她结了婚，”她妈妈想，“她就有其他事忙了，也不会再梦想着山里的事情了。”

但是那些山是她最大的乐趣——那些山，那有云雀环绕的鲜

花盛开的草地，当她在蒲公英茎上休息的时候，向她致意。每天下午她都坐着，唱她的歌，很快她就不会再唱了。太阳给松树林镀上了一层金色，夜莺会向星星抱怨，可是这幅图景少了些什么——没有尼恩艾祖。在那个已经选定的婚礼之日，她会成为猎人的妻子。

在她要嫁给那个她不喜欢的男人的婚礼当天，尼恩艾祖穿上了新娘礼服，她从未看起来如此可人。她乌黑的秀发上闪耀着鲜红的花簇，她的手里捧着一束草地上摘来的花，里面还夹着松树的针叶。

如此盛装打扮停当，她打算去树林告别。没有人能拒绝她这个要求。可是她离开后，她的身影就消失在了山中。参加婚礼的宾客们看上去都有些不安，那种感觉说不出来。当时不知从哪儿吹来了一朵云，挡住了太阳。原来光亮的地方现在变成了阴影，这难道是一种预兆吗？大家瞥了一眼旁边的猎人，这位新郎此时正在一块石头上磨自己的鞘刀。无论晴空还是阴天，他脑子里想的都是鹿。

时间一分一秒地过去了，尼恩艾祖没有回来。那时候已经很晚了，婚礼上的宾客们开始猜想，开始骚动，她怎么去了这么久？最后他们搜山寻找，却没有在那儿看到她。他们跟着她的足迹到了草地，她穿着莫卡辛鞋的小小脚印把大家引向了树林，然

后脚印就没有了。尼恩艾祖消失了。

他们再也没见过她。第二天，一个猎人给大家带回了奇怪的消息。他爬上一座山，想抄近道回家。到了山上停下，他四下观望，就在此时他的狗跑向他，尾巴夹在腿中间，向他哀号。他说这是一只很勇敢的狗，它看到熊也不会这样跑回来，可是这次它看到的好像不是人类。

然后猎人听到了一个声音在歌唱，很快歌声停止了，他认出了远处尼恩艾祖的身影，她径直走向树林，她的双臂伸直，举于胸前。他叫了她的名字，可是她没有听见，依然向着精灵之木越走越近。

“她走路的样子就像在梦游。”猎人说，“就在她即将走到松林时，一个瘦得像芦苇秆的年轻人出来接她。他不是咱们部落的人。不，不！应该说我从来没见过他那样的人，他穿着用森林里的树叶做成的衣服，绿色的羽毛在他头上摇摆，他牵着尼恩艾祖的手。毫无疑问他是个精灵，永葆青春的精灵。没有了，我讲完了。”

尼恩艾祖最终还是做了新娘，她嫁给了小精灵。

红天鹅

很久很久以前，有三个兄弟，由于父母早逝，他们三人只得相依为命。老大拼命打猎获取食物，加上父母在世时的存粮，三兄弟得以维持生计。因为他们的父亲很多年前便搬出部落，一家人过着离群索居的日子，所以家周围甚至没有邻居可以帮他们一把。男孩们不知道附近有没有人家，他们甚至不知道自己的父母是谁，因为双亲死的时候，即便是大哥也还小。

他们尽管很孤单，但从不灰心丧气。他们抓住一切机会，并及时学习打猎。大哥逐渐成了技艺高超的猎人，获取食物很有一手。他特别擅长猎杀水牛、马鹿、驼鹿，还把技能传授给了两个

弟弟，让他们也可以猎取食物，照顾好自己。

一天，大哥说自己想要离开家，去探索外面的世界，但他保证会回来，并且给兄弟三人带回来妻子。可两个弟弟不答应。

听说哥哥想走，老二吉克维斯闹得最凶。“我们都一起生活了这么久了，”他说，“就算没有老婆，我们也可以这么过下去呀。”老二的这个观点占了上风，三兄弟又继续生活了一段时间。

一天，三兄弟讲好一人去猎一头雄性动物，用猎物的皮做箭囊。三个箭囊做好后，他们马上在里面装满了箭，因为兄弟三人心中都觉得有事情将要发生，必须做好准备。

之后没多久，三人比赛打猎，赌谁先猎到猎物。他们沿着不同的道路出发了。三弟梅德瓦没走多久便看到了一头熊，他紧随其后，拉弓开箭，一箭就把熊射倒了。

梅德瓦开始剥熊皮，突然周围的空气都变成了红色。他揉了揉眼睛，心想自己是不是眼花了。但他再怎么用力揉眼睛，空气中的红色依然不褪，把他眼前的一切——头上的树冠、面前流淌的河水、树林边缘漫步的鹿——都染上了一层绚丽的色彩。

他站在原地欣赏眼前的美景，远处突然传来一个奇怪的声音。初听像人在叫喊，梅德瓦沿着声音传来的方向走到一个湖边。远处湖面上浮着一只美丽无比的红天鹅，一袭羽毛在阳光下闪闪发光。天鹅昂起头，发出一声独特的鸣叫，这便是他之前听到的叫

声。他搭起弓准备远射——先将弓弦拉到耳边，仔细瞄准，接着一箭射出。这一箭并没有射中。这只漂亮的鸟儿依然高傲地浮在水面引吭高歌，羽毛依然闪耀着红宝石一般的光芒，在天地间熠熠生辉。

梅德瓦射了一箭又一箭，把箭囊里的箭全射完了，他实在太想拥有这美丽的生灵了。但天鹅毫发无损，甚至没有展翅飞走。她在湖面上游来游去，伸展脖子，把喙插入水中，似乎毫不在意凡人的弓箭。

梅德瓦跑回家，把屋里所有箭都拿去射天鹅。最后，他提着弓，愣愣地望着眼前这只美丽的鸟儿。

梅德瓦站在那里，心中充满了占有这只美丽天鹅的欲望，他记起哥哥曾经说起过，父亲生前有个药包，里面装着三支魔法箭。但哥哥没有告诉梅德瓦，父亲临终时把这些魔法箭留给了他最小的儿子。一想到魔法箭，梅德瓦便振奋了起来，他全速跑回家拿箭。

若在平日，他不会去打开父亲的药包，但冥冥中有一股力量驱使他相信现在打开药包没有错。他一把抓过魔法箭跑了回去，都没顾得上把药包里的其他东西放回去，任凭它们在屋里散了一地。

梅德瓦担心天鹅飞走了。但当他从树林里跑回湖边的时候，很开心地发现周围的空气依然是玫瑰色的，美丽的红天鹅依然在

湖中央安静优雅地徜徉着。

梅德瓦颤颤巍巍地射出了第一支魔法箭，箭擦过了天鹅的翅膀。第二支箭射得比较准，但也只射掉了天鹅几根鲜红的羽毛，羽毛随风飘落，像火苗一样落入水里。射第三支箭的时候，梅德瓦仔细瞄准，使出了全身的力气拉弓射出，这次很走运，一箭射穿了天鹅胸脯上方的脖颈。

“她是我的了！”梅德瓦喊道。但随后的事让他大吃一惊。红天鹅并没有垂下脖子顺着波浪漂到岸边，而是扑腾着翅膀，缓缓飞起，以十分高贵的姿态飞向夕阳。

梅德瓦从水里捡回了两支魔法箭，这下可以开心地向两个哥哥炫耀了。尽管天鹅带走了第三支魔法箭，他依然希望可以连带着美丽的天鹅一起，把那支箭也收回。

梅德瓦特别善于奔跑。他射出一支箭，随后朝着箭射出的方向奔跑，健步如飞的他总能超越飞行的箭。于是，他迈开步子，尽全力奔跑。

他心想，我跑得快，一定能抓到天鹅。

他一路向西狂奔，越过丘陵，穿过大草原。他正想着找个地方过夜，突然听到远处传来拍岸的水声。他继续向前奔跑，随即听到说话声，并看到了一群人，其中有些人正在砍树，斧头的声响在树林中回荡。他没有停留，继续向前，当他跑出森林的时候，

太阳刚好落山。

梅德瓦下定决心不找到天鹅不罢休，而在西边，他一路追寻的红色身影终于消失不见。与此同时，他也要停下脚步准备过夜并找点食物充饥，因为自离家之后，他便粒米未进，滴水未沾。

在远处高地上，他看到了很多房屋，那儿是个大村庄。他朝那边走去，不久便听到了村庄守夜人的声音。守夜人站在高处巡视四方，负责将朋友来访或敌人来袭的消息告知村人。

“有人来了。”守夜人喊道，随后村里传来一声响亮的呼号，表示村人都听到了。

梅德瓦走进村子，守夜人指着酋长的房子说：“你得先到那里去一趟。”说完便离开了。

“进来，进来。”酋长说，“坐。”说完指着屋子旁边自己女儿坐着的位置说，“坐那儿。”

酋长给了梅德瓦一些食物，并问了几个问题，毕竟梅德瓦是个生人。而梅德瓦若是不说话，其他人也默不作声。

太阳刚落山，酋长便说：“女儿啊，看看我贤婿的软皮鞋有没有磨破，如果破了，帮他补补。”

得到如此盛情款待，而且突然就被迫结婚了，这一切让梅德瓦感到很奇怪，但他又很快发现酋长的女儿长得非常美。

酋长的女儿过了很久才捡起梅德瓦脱下的软皮鞋，她犹豫不

决的态度让梅德瓦很不高兴。她最后捡起软皮鞋的时候，梅德瓦一把抢过鞋子，自己把它们挂了起来。他躺在床上，想着天鹅，决定天亮就离开。

他一早就醒来，发现酋长的女儿站在门边。他上前搭话，但对方不理不睬。他轻轻碰了碰她的手臂。

“你想干什么？”她说着，别过头不看他。

“跟我讲讲，”梅德瓦说，“天鹅什么时候飞过这里的。我正在追她。到屋外，把方向指给我看。”

“你觉得自己能追到红天鹅？”她说。

“是啊。”他回答。

“笨蛋——大傻瓜！”酋长的女儿反驳道。

不过她还是走了出去，给他指了方向。太阳升起之前，梅德瓦大跨步地慢跑。等到太阳升起，他开始以平常的速度前进。他整整跑了一天，尽管在视野所及的范围内都看不到红天鹅，但他觉得在西边能看到微弱的红光。

黑夜降临的时候，他高兴地发现自己来到了另一个村庄旁。同样地，很远他就听到了守夜人的喊声：“有人来了。”没过多久，村民们都从自己的屋子里出来看陌生人。

他再一次听从要求去了酋长家。在那里，他受到了和前一晚如出一辙的款待。只有一点不同，就是这个酋长的女儿比前一个

更漂亮，并且十分热情地招待了他。尽管梅德瓦很想和他们待在一起，但最后还是决定继续自己的旅程，去抓红天鹅。

天亮之前，他问酋长女儿红天鹅飞过的时间，并要求她给自己指方向。酋长女儿用手指着天空，描画出天鹅飞行的路线，并告诉他天鹅是昨天飞过的，当时太阳位于正午和落山之间的高度。

梅德瓦再次慢慢出发，但太阳升起后，他准备测试一下自己的速度，于是他向前射了一支箭，并追了上去。最终，箭落在了他的身后，他知道自己还是和之前跑得一样快。

这一天并没有发生什么大事，他跑得很轻松。天黑了，他环顾四周，找地方过夜，随即发现有光从一座低矮的小屋里发出。他颇为不好意思地走上前，透过门缝向里面张望，他看到屋里只有一个老人，头埋在胸前，坐在火堆旁暖背。

梅德瓦以为老人不知道他站在门口，但他猜错了。老人头也不抬便开口说道："进来吧，孙儿。坐到火堆那头，把身上衣物脱下来烤烤干，你一定很累了。我给你弄点吃的，让你美美地吃上一顿。"

梅德瓦接受了老人的盛情邀请，走进了小屋。老人自言自语道："装着水的水壶，到火堆旁边去。"

随即，一个带脚的小陶锅便出现在了火堆旁。老人拿起一点儿玉米粒和一点儿越橘扔到锅里。

梅德瓦饥肠辘辘，看到老人如此拮据，觉得自己能好好吃顿晚饭的机会不大。但老人答应要他美美吃上一顿，而且看上去老人也会信守诺言。梅德瓦静静看着，脸上自始至终带着期待吃大餐的表情。

锅里的水开了，这时老人轻声说道：“锅离开火堆。”

锅便自己移到了一边。老人对梅德瓦说：“孙儿，吃吧。”说完递给他一个盘子，还有一把和锅相同材质的长柄勺。

饥肠辘辘的梅德瓦把锅里所有的东西一扫而空。他觉得自己这么做有点难为情，但还没等他开口，老人说：“吃啊，孙儿，吃，吃！”几分钟后，老人又说：“锅里的东西，随便吃。”

梅德瓦很惊讶地发现自己的勺子一旦伸进去，锅便满了。他第二次把里面的食物吃完，锅马上又自己装满了，如此循环往复，直到他完全吃饱。

老人依然维持着原来的声调说道：“锅回到墙角去。”锅于是回到了原先那个不碍事的屋子角落里。

梅德瓦看出来老人似乎要对自己说什么，于是他正襟危坐，显示自己准备好聆听教诲。

“继续走吧，孙儿。”老人说，“你一定会得到自己想要的东西。虽然我不能再多说什么了，但你只要继续把一直以来做的事做下去，就一定不会失望。明天你会碰到另一位老人，但在这位老人

之后的那位老人才会告诉你一切，并且和你详细说明你应该以何种方式完成这次旅程。红天鹅经常会飞过，那些跟随其后的人一个都没有回来。但你要坚定决心，做好万全准备。”

“我会的。”梅德瓦答道。说完两人便躺下就寝。

一早，老人命令魔法锅做早饭，这样他的客人就能吃完早饭再上路了。梅德瓦走的时候，老人祝他一路顺风，并嘱咐了几句。

梅德瓦一路向前，心情比前两天任何时候都要振奋。天黑的时候，他见到了另一个老人，这个老人有一个活蹦乱跳的小水壶，还没等老人开口，便自己跑到火边，随后蹦蹦跳跳地把晚餐送到了梅德瓦面前，接着都不需要命令就自己快速跑开。老人热情招待了他，并在早晨仔细给他指路。

梅德瓦欢快地赶路，因为他知道自己将要和那个告诉自己如何抓红天鹅的老人见面了。

傍晚，梅德瓦到了第三个老人的小屋。还没进门，就听到里面传出声音：“孙儿，进来吧。”进了屋，他有一种回家的感觉。

和其他两个老人一样，这个老人给他准备了吃的。他的水壶和其他两个帮他准备晚饭的水壶如出一辙，像亲兄弟似的。而这只水壶来来回回做家务的时候，经过人身边，还会说句话，或唱首小曲。

老人等梅德瓦填饱了肚子，然后说道：“孩子，你做这件事注

定要经历艰难险阻。有不少人也怀着和你同样的目的经过这里，但都一去不返。凡事要小心，如果你的守护神灵很强大，那你就有可能成功。你在追的红天鹅是一位巫师的女儿，这个巫师什么都不缺，唯独宝贝这个女儿，胜过珍爱自己的圣箭。很久以前，巫师戴着一顶用贝壳串珠做成的帽子，这个帽子和他的头皮合为一体。有一次，一群强壮的印第安人找到了他，这些人是远方某个部落的武士，他们对巫师说自己部落酋长的女儿快死了，她想要他的贝壳串珠帽，并且确信这个帽子能救自己一命。‘哪怕只要让我看上一眼，’她说，‘我的病就好了。’眼看这些人为了帽子长途跋涉而来，巫师最终答应把帽子交给他们，希望能让那个奄奄一息的少女重获健康。而他把帽子摘下来递给这些人的时候，自己头顶上的头皮也被一道掀了下来，鲜血直流。

“这件事已经过去许多年了，巫师的头还是没有复原。那些武士所谓为了生病的少女来索要帽子根本就是在撒谎。他们从那时候开始就不停地捉弄这块可怜的头皮——拿着它跳舞，在村庄之间招摇过市——只要头皮受到侮辱，可怜的老巫师就会剧痛难耐。因为占有头皮的人太强大了，很多人想要帮老巫师夺回头皮，但都没有成功，还丢了性命。

“这只红天鹅吸引了很多像你一样的年轻人，红天鹅招募他们夺回头皮。只要有谁幸而成功，据说就能获得红天鹅作为奖励。

“明天一早，你就要继续你的旅程。到了晚上，你会来到巫师的屋子跟前。你很远就能听到大草原那头他的哀号，那时你就知道快到了。他将邀请你进屋，屋里只有他一人，他会问及你的梦境和你守护神灵的力量。如果他对你的回答满意，就会怂恿你尝试夺回他的头皮，并告诉你路线。如果你答应——据我看来你会答应的，孩子，那你就勇往直前。坚持不懈，我确信你会成功的。”

梅德瓦答道：“我试试。”

第二天一大早，他吃完魔法水壶做的早餐后，便再次踏上征程。这个水壶在从火堆向墙角移动的过程中，唱了一首类似告别的歌曲。

临近傍晚，梅德瓦穿过大草原，听到远处小屋传来阵阵呻吟声，呻吟间隙穿插着一句话：“进来！进来！”但始终只闻其声不见其人。

梅德瓦刚走进屋子，便看到有个人痛彻心扉地大叫了一声，他觉得这个人一定就是那个巫师。梅德瓦看到巫师的头顶光秃秃的，血肉模糊。

“坐，坐。”巫师说道，“我去给你弄点吃的。你看我多可怜啊。不管什么都要亲力亲为，我没有仆人，只有墙角那只可怜的水壶给我打打下手。水壶，能帮我们做点东西吃吗？”

"等会儿。"墙角的水壶答道。

"行行好，请你尽量快点。"巫师低声下气地对水壶说道。

"耐心点。"水壶回答，"我一会儿就来。"

过了许久，从刚才说话声传来的墙角走出一个又大又笨重，还大腹便便的水壶。水壶以一本正经的姿态走到巫师面前，问："先生，我们吃什么？"

"请给我们做玉米吧。"巫师答道。

"不，我们吃越橘。"水壶以不容反驳的语气回答。

"好的，就按你说的办。"

巫师觉得时间差不多了，便邀请梅德瓦随便吃。

梅德瓦刚想动勺，水壶插话道："等一下。"梅德瓦于是停手，等了一会儿，水壶抖了抖身子，用很响的声音炖着里面的菜，说："现在可以了。"

梅德瓦这才下勺吃饭，把肚子填饱了。

"水壶是否可以退下了？"巫师问道，语气不失尊重。

"不。"水壶答道，"我要待在这里，听听这个年轻人要说什么。"

"好。"巫师说道。"你看，"他对梅德瓦说，"我多可怜。我凡事要和一个水壶商量，否则我就要孤身一人，天天饿肚子，也没人给我提建议。"

这段时间里，红天鹅小心地躲在屋内，就藏在窗帘后面，梅

德瓦时不时听到窸窸窣窣的声响，撩拨着他的灵魂，他的心脏跳得飞快。

梅德瓦吃完食物便躺下，把绑腿袜和软皮鞋放在身边。老巫师开始讲述他是如何失去头皮，头皮如何遭到侮辱，他又由此饱受痛苦的事。他想要重新拿回头皮，这件事之前已经失败多次。现在霸占头皮的那帮人，人数众多，力量强大。他在讲述的时候，会时不时停下来呻吟，并说：“他们对待它的手段是多么恶毒啊。”

梅德瓦聚精会神地聆听老巫师的一言一语。

巫师又重新开始陈述自己的故事，并询问梅德瓦的梦境，换句话说，问梅德瓦睡觉时看到了什么。因为在做梦的时候，人会集中精神，表情严肃，这时便能获得守护神灵的庇佑。

于是梅德瓦告诉巫师他的一个梦境，巫师呻吟了一下。

“不，不可能。”他说道。

梅德瓦又说了两三个梦境。

巫师呻吟了多次，并且带着怒气说道：“不可能，这些不是梦境。”

“冷静。”水壶说道。它已经从火堆旁移开，来到了屋子中央，那里有微风拂过。水壶接着说：“你没做过其他类型的梦吗？”

“做过。”梅德瓦说完又讲了一个梦境。

“这可以。”水壶说道，“我们对这个梦境满意多了。”

“是的！就是这样，就是这样！”巫师接着说道，“有你在，我的命就能保住了。你说的正是我想听到的。你要不出发，试试能不能夺回我那块可怜的头皮？”

“好。”梅德瓦说，“我会去的。到后天，等你听到啁啁鹰鸣的时候，那就证明我成功了。你得做好准备，把头伸出门外，这样我回到这里的时候，就能让你的头皮回归原位了。”

“好的，好的。”巫师说，“我会照你说的做的。”

第二天一早，梅德瓦便动身去履行自己的承诺。到了下午，太阳准备落山的时候，他听到了一大群人的叫喊声。他一开始还在树林里的时候，只看到几个人，所以他以为对方人不多；而他继续前进，看到越来越多的人；等他来到平原上的时候，他眼前众人的脑袋就像树上的叶子一般数不胜数。

在平原中央，他看到一根长杆，杆顶有一个东西在随风舞动，便是那戴着贝壳串珠帽的头皮。空中不时传来战歌，因为人群正兴致高昂地围着头皮跳战争之舞。

梅德瓦在暴露自己之前念了巫师教他的咒语，变成了一只蜂鸟，朝头皮飞去。他从几个站在附近的人耳边飞过，那些人听到蜂鸟发出的嗡嗡声，纷纷吓得跳到了一边，并互相询问发生了什么事。梅德瓦这时已经快够到头皮了，但他担心自己在解下头皮的时候会被发现，于是他变成了一根绒毛，从空中缓缓飘到了头

皮上。他解开头皮，艰难地将头皮卸下，因为头皮对他来说太重了。要不是一阵风幸运地将他连同头皮一起吹起，周围的人群早已经把头皮夺走了。人群见到头皮被偷走后叫道：“头皮被抢走了！头皮被抢走了！”

梅德瓦抓着头皮在人群头顶上轻盈地飘过。人群纷纷涌了上来，汹涌的人流带着嘈杂的喊声，仿佛暴风雨过后拍岸的巨浪。但好风有力地托着梅德瓦，将他向前推送，远离了追逐的人群。梅德瓦飘了一会儿后，变成一只鹰，抓着自己的战利品迅速展翅飞走了，他边飞边发出啁啁啼鸣。不一会儿，这尖厉的鹰鸣声越来越远。

这时，巫师听到鹰鸣声，记起了梅德瓦的指示，把头伸到了屋子外。

不一会儿，梅德瓦扑腾着翅膀飞回来了，还没落地，就拿贝壳串珠头皮重重拍到了巫师头上。老巫师的身体痛苦地颤了一下，但头皮分毫不差地与头顶合而为一。这时梅德瓦变回了人形，走进屋子坐了下来，一副悠然自得的样子。

巫师在遭受重重一击之后长时间倒地不起，梅德瓦怕他得到了头皮，却断送了性命。不过，他高兴地看到巫师的手脚开始活动，身体也有了力气。没过一会儿，巫师就站了起来。在梅德瓦眼前，再不是那个被痛苦侵袭多年的干瘪老头，而是站着一个阳

光快乐、生气勃发的年轻人，这让梅德瓦欣喜不已。

“谢谢你，我的朋友。”年轻巫师说道，“你的善良和勇敢让我重获新生。”

他们拥抱了彼此，年轻巫师盛情邀请梅德瓦再住几天。梅德瓦开心地接受了邀请，两个年轻人彼此很快便建立了深厚的感情。但让梅德瓦颇感遗憾的是，巫师对红天鹅的事只字不提。

在梅德瓦准备动身回去的那天，年轻巫师送了他贝壳串珠、毛皮、长袍等大量价值不菲的礼物。尽管梅德瓦十分想要看一眼红天鹅，想听巫师提及这件事，并想知道能否拥有这个自己喜爱并一路追寻的东西，但他抑制着自己的情感，甚至不朝那个他觉得是红天鹅藏身的地方多瞟一眼。他的巫师朋友也同样对此三缄其口。

梅德瓦整理好了行李，两人一起抽烟告别，这时年轻巫师说：“梅德瓦，我的朋友，你很清楚自己远道而来的目的，也很清楚自己历经千辛万苦并且耐心等待这么长时间。真的，这一切足够证明你是我的朋友。你已经达成了自己的目标，你锲而不舍的宝贵精神不会无所回报。凭你的这种精神，不论做什么事都会成功。若不是我的宿命迫使我留在此地，我会很乐意与你同行。我给你的这些薄礼，可以让你一辈子衣食无忧。可我看得出来，你真正想要的是红天鹅。但你顾及我的感受，一直不说，这一点我

很欣赏。不过我发过誓，不论谁为我夺回我失去的贝壳串珠头皮，都将获得她作为回报。”

接着他用梅德瓦听不懂的语言说了一段话。小屋的窗帘打开，梅德瓦开心地看到了红天鹅。在他眼前，站着一个美丽的少女，端庄脱俗，宛如天仙下凡。这样的女子本该住在玫瑰色的云彩里，而不是这间昏暗的小屋中。

“把红天鹅带走吧。”年轻的巫师说道，“她是我的妹妹。你要好好待她，她比你和你为我所做的一切都珍贵得多。她已经准备好和你一起去见你的亲朋好友了。我祝福你们。”

梅德瓦上前一步，和红天鹅打了个招呼，她莞尔一笑。两人手拉手走出了小屋，年轻巫师目送两人穿过大草原，踏上归途。

两人慢悠悠地走，开心地欣赏一路上秀丽的田园风光。这些风景他们之前就见过，但当时彼此心中都惴惴不安。

过了两三天，两人到达了第三个老人的屋子，也就是先前用会唱歌的水壶款待梅德瓦的那位老人。而这次水壶不在家。尽管如此，老人还是热情地招待了两人，并对梅德瓦说：“你的坚持使你渡过难关。你只要永不放弃，就能无往不胜。”

第二天早晨，两人刚要动身，老人从墙边取下一个袋子送给梅德瓦，说道：“孙儿，这个给你。里面装着一个礼物，我希望你开心地活到老。”

两人和老人告别，再次踏上旅程。

当晚，他们来到了第二个老人的小屋。这个老人也送给梅德瓦一个礼物，连带着他的祝福。虽然梅德瓦有心寻找，却也没找到上次造访看到的那个活泼的怪水壶。

两人继续向前赶路，来到了第一个老人家中，并受到了和先前一样的招待。但梅德瓦望向墙角，没找到那个先前给他舒适款待的沉默水壶。老人看见梅德瓦朝墙角看，笑而不语。

两人继续前行，最终来到了梅德瓦先前经过的第一个村镇，守夜人和先前一样通知了村民，并把梅德瓦带到了酋长的小屋。

“坐这儿吧，贤婿。”酋长说着指了指他女儿旁边的位置，并对红天鹅说，“你也坐。”

酋长的女儿正在染布，对来访者不闻不问，甚至连头都没抬一下。这时酋长说：“来人，把我们贤婿的行李拿进来。”

行李被拿到了梅德瓦跟前，梅德瓦打开了其中一个包裹，里面装满了各种珍宝——贝壳串珠、长袍，还有各种饰品。他将这些当作谢礼送给酋长。酋长的女儿偷瞄了一眼贵重的礼品，还有梅德瓦和他美丽的妻子。接着她停下手中的活计，整晚一语不发，若有所思。酋长和梅德瓦聊他一路上的冒险，并祝贺他鸿运当头，最后对梅德瓦说等明早离去的时候，把自己的女儿一并带走。

“我荣幸之至。”梅德瓦答道。

酋长于是高声说道："女儿，准备好明天一早同他一道出发，并和他的一个哥哥结婚。"

第二天，天蒙蒙亮，在众人的祝福声中，梅德瓦、红天鹅以及酋长的女儿一同离去。

到了晚上，他们来到了梅德瓦之前过夜的另一个村镇。守夜人发出有客来访的信号，于是村中的男男女女，连带小孩全都出门来看他们。他们又一次被领到了酋长的小屋。酋长对梅德瓦表示欢迎，说："贤婿，欢迎回来。"他让梅德瓦坐到自己女儿身边，和他同行的两位女子也一并坐下。

酋长热情地为三人接风，美餐过后，梅德瓦点上烟斗抽起了烟。酋长让他和聚在小屋里的众人讲讲自己的冒险经历。

梅德瓦把自己一路的经历从头到尾讲了一遍。在他提到红天鹅的时候，众人便转头看向红天鹅，她实在太美了，所以众人的目光中满是惊讶和崇拜。

酋长对梅德瓦说，他的两个哥哥来村子找过他，最后实在心灰意冷，觉得再也找不到他了，才在前些时候回去了。"但你是有神灵护佑的人，"酋长继续说道，"好运自会常相伴。把我女儿带走，做你的嫂嫂吧。这样我们的关系便更近了。"

最后梅德瓦打算离开的时候，给了酋长丰厚的礼物，并邀请酋长的家人一起同行，去看看他的猎场，并保证他们能在那儿找

到大量猎物。他们同意了。到了早晨，一大批人加入了梅德瓦的队伍。酋长带着一队武士，一路护送了他们很远。在准备折返时，酋长发表了一段讲话，愿善良的神灵保佑梅德瓦，还有他的亲朋好友。

两队人就此分别，各自沿着路穿过大草原，身上戴着的羽毛在朝阳下闪闪发光，战鼓声传得很远。

经过数日跋涉，梅德瓦和他的朋友们看到了他的家。众人在树林里歇息，梅德瓦独自上前找他的两个哥哥。

他走进小屋，屋内一片狼藉，地上积着灰尘。屋子的一端，大哥坐在煤渣里，满脸乌黑，在大声号哭；屋子的另一端，二哥吉克维斯也满脸乌黑，头上凌乱地插着几根羽毛和一簇天鹅的绒毛，他的样子是那么怪异，梅德瓦忍不住笑了起来。但吉克维斯似乎太过于沉浸在悲伤中，都没发现弟弟回来了。而老大则抬起头，认出了梅德瓦。他一跃而起，上前抓住弟弟的双手，还亲了他一下，对于他能回来大喜过望。实际上，他们都认为梅德瓦已经死了，并为他哀悼了几个星期。

梅德瓦解释说自己回来带了很多礼物，而且为两个哥哥都带了老婆回来。吉克维斯现在才站起身来，冲到门口向外瞄，去看那些自己没见过的人。随后，他高兴得跳了起来，笑着大声说："女人！女人！"这是他欢迎弟弟的唯一一句话。

梅德瓦一边把行囊拆开，一边让两个哥哥先洗漱一番，然后把屋子收拾整洁。在年轻巫师送给他的珍宝里，他发现了那个会说话的大水壶；在第三个老人送给他的包裹里，他发现了那个会唱歌的神奇水壶；在第二个老人送给他的礼物里，他发现了那个古怪的小水壶；在第一个老人送给他的礼物里，他发现了那个沉默的大水壶。梅德瓦心想，这些礼物简直太棒了！

梅德瓦在拆行李的时候，吉克维斯蹦蹦跳跳地跑去洗澡。但时不时会探出头去瞄门外的女子，头上一边洗得白白净净，另一边还沾着羽毛。“我要那个。”他说道，“谁都别想和我抢。”

屋里刚收拾好，梅德瓦便出门把所有女子和朋友请进门。所有人都入座以后，梅德瓦说：“我受人之托，将这两个女子带回成婚。我给你们一人一个。”于是他把第一个酋长的女儿给了大哥。

梅德瓦把另一个女子领到吉克维斯面前，说：“哥哥，这是你的妻子。祝你们幸福。”

吉克维斯低着头，像是害羞，但会时不时偷偷看一眼自己的妻子和其他女子。不久，他便转身朝向自己的妻子，表现得像已经结婚多年一样。梅德瓦发现都没有做准备为众人接风，于是说：“我们是不是没有晚饭吃了？”

话音刚落，墙角走出那只沉默的水壶，一路走到火堆旁，开始烧水，水烧开后发出欢快的咕嘟声。很快，那只会说话的大水

壶也起身加入，并对梅德瓦说：“主人，我们时刻准备着。”接着，从另一个墙角走出那只活泼的小水壶，一路跳着舞来到其他两个水壶身旁，和它们一起开始准备晚餐。等晚餐快准备完毕的时候，最后一个墙角传出了美妙的歌声——第四只水壶一路唱着高雅的颂歌，加入了另外三只水壶的行列。

没过多久，大水壶走到梅德瓦跟前，以充满自信的语调说：“晚餐准备完毕！”

这顿大餐吃得众人心花怒放，因为大家都饿了，用勺子舀起菜肴，大快朵颐。但这四个魔法水壶中的食物不论人们怎么吃，永远都是满的。

梅德瓦和朋友们共同生活了一段时间，相安无事。每人都有属于自己的小屋，整个社区欣欣向荣。社区里还有很多孩子，各种物资也都十分丰富。

但有一天，两个哥哥突然对梅德瓦冷眼相待，怪他拿走了死去的父亲放在药包里的魔法箭，尤其对他弄丢了一支箭横加责难。

梅德瓦默默听完了他们的话，说他会出门寻找那支丢掉的箭，并且一定能找回来。第二天，他没有食言，一个人走了。

梅德瓦走了很长一段路，把每个方向都找遍了，差点就觉得再也找不回丢失的宝贝了。这时，他来到了一个地洞边。他爬下地洞，沿着一条小路，走到了亡灵的寓所。那里景色很美，草地

比他家旁边的还要翠绿，天空也比他家上方的还要湛蓝，天空的尽头消失在一个昏暗的远方。不仅如此，他还看到很多各种各样的动物。他首先接近的动物是野牛。这时野牛群张口对他说话，这让他大吃一惊。

野牛群问他来这里的目的，他是如何下来的，为什么胆子这么大，竟敢来到亡灵的住处。

梅德瓦回答自己是来寻找魔法箭的，从而让愤怒的哥哥们消气。

“好的。”野牛群的头领说道，“我们知道了。”说着他和其他野牛向后退了几步，似乎对梅德瓦有所忌惮。野牛灵魂继续说道：“这里，在你之前从没有活人来过。赶紧回家吧，你的哥哥们以让你取回按照你父亲遗愿本属于你的魔法箭为借口，将你支开，这样他们就能霸占你美丽的妻子红天鹅了。赶紧回家！你将在家门口找到魔法箭。你将长寿，并获善终。你不要在我们这里继续前进了。”

梅德瓦沉思着望向西边，看到一道太阳一般明亮的光芒，但他并没有看到太阳。

“那边是什么光？”他问道。

野牛首领答道：“那是好人住的地方。”

“那边的黑云呢？”梅德瓦又问。

“那是歹人住的地方。”野牛回答说。

那团云特别黑，梅德瓦看得双眼生疼。

在守护者之灵的引导下，梅德瓦回到了地面上，他看到了太阳一如往常闪耀着光芒。没人知道他还在亡灵的寓所知晓了什么，因为他再未和任何人提起过。

回到地上后，梅德瓦花了很长时间，四处学习能让族人幸福快乐、安居乐业的知识，随后在一天傍晚，他回了自己的村庄。他走过很多房屋，来到自家门前，找到了野牛灵魂许诺给他的魔法箭。他听到了两个哥哥的声音，在大声争论谁能占有红天鹅。而红天鹅则在梅德瓦走后忠贞不渝，悲伤地等待他的归期。梅德瓦在门外听着，感到分外羞耻，悲从中来。

他昂着头，怒气冲冲地走进屋子。他一言不发，拿起弓，搭上魔法箭，准备取两个哥哥的性命。正在这时，会说话的水壶走了过来，对梅德瓦说了几句至理名言，梅德瓦最终放下了弓箭；会唱歌的水壶唱着抚慰人心的小曲，两个哥哥羞愧难当，顿时醒悟，并对自己的过错真心忏悔。看到容光焕发、心地善良的红天鹅，再加上沉默的水壶马上准备了珍馐佳肴，活泼的小水壶快乐地跳着舞，梅德瓦决定原谅他们，把魔法箭放回了药包。当晚，天底下再没有哪家人比这三个兄弟还要开心。三人手足情深，从此幸福地生活在一起。

印第安神话故事：经典插图本

[美] 威廉·特罗布里奇·拉尼德 改编

[美] 约翰·雷
[美] 伊丽莎白·柯蒂斯 绘

王喆、李晨 译

特别感谢：魏丹

图书在版编目（CIP）数据

印第安神话故事：经典插图本 /（美）威廉·特罗布里奇·拉尼德改编；（美）约翰·雷，（美）伊丽莎白·柯蒂斯绘；王喆，李晨译．— 北京：北京联合出版公司，2017.9（2024.7 重印）
ISBN 978-7-5596-0726-3
Ⅰ．①印… Ⅱ．①威… ②约… ③伊… ④王… ⑤李… Ⅲ．①儿童文学－神话－作品集－北美洲 Ⅳ．①I710.88
中国版本图书馆 CIP 数据核字（2017）第 177201 号

American Indian Fairy Tales

by William Trowbridge Larned
Illustrated by John Rae
Elizabeth Curtis

未读 DR 文艺家

选题策划	译言古登堡计划 × 联合天际·任菲
责任编辑	李艳芬 崔保华
特约编辑	任 菲 徐 艺
美术编辑	冉 冉
封面设计	@broussaille 私制

出 版	北京联合出版公司 北京市西城区德外大街 83 号楼 9 层 100088
发 行	北京联合天畅文化传播有限公司
印 刷	北京联兴盛业印刷股份有限公司
经 销	新华书店
字 数	70 千字
开 本	889 毫米 × 1194 毫米 1/32 4.75 印张
版 次	2017 年 10 月第 1 版 2024 年 7 月第 12 次印刷
I S B N	978-7-5596-0726-3
定 价	55.00 元

关注未读好书

客服咨询

译言古登堡计划 Yeeyan Gutenberg Project

本书若有质量问题，请与本公司图书销售中心联系调换
电话：(010) 52435752